dtv

Rita Falk

Hannes

ROMAN

Mit einem Vorwort von
Hans Steinbichler

dtv

Ausführliche Informationen über unsere Autorinnen und Autoren und ihre Bücher finden Sie unter www.dtv.de

FSC
www.fsc.org
MIX
Papier aus verantwortungsvollen Quellen
FSC® C019821

Sonderausgabe 2021

Umschlaggestaltung: www.buerosued.de unter Verwendung eines Motivs von Rita Falk
Satz: C.H.Beck.Media.Solutions, Nördlingen unter Verwendung einer Vorlage von Bernd Schumacher, Friedberg
Druck und Bindung: Druckerei C.H.Beck, Nördlingen
Printed in Germany · ISBN 978-3-423-08666-0

HANNES
oder
Der Blick in ein offenes Herz

Hans Steinbichler

Für mich ist ›Hannes‹ eine persönliche, manchmal intime Erzählung über den Verlust eines nächsten Menschen, den man so liebt wie vielleicht nur sich selbst. Es geht daher in diesem Roman auch um den Verlust eines *Selbst*, genauer: eines *Ichs*. Des Ichs, das der andere war – und das jetzt tot ist und für immer verloren scheint: *Als wär's ein Stück von mir …*

Rita Falk sagte mir ziemlich früh, dass ›Hannes‹ eine »schwere, sehr schwere Geburt« gewesen sei. Vielleicht hätte ich schon damals etwas besser hinhören sollen und begreifen, dass es zwischen einem Stoff und mir immer eine Membran, eine Wechselwirkung gibt. Stoffe *finden* mich, ich suche sie nicht. Und wenn sie mich finden, ergreifen, schlucken und verdauen sie mich und lassen mich für immer verändert zurück. ›Hannes‹ ist in dieser Hinsicht besonders extrem, da das Projekt für mich von Krisen, Kontrollverlust und menschlichen Verlusten begleitet war wie kein Film je zuvor.

Die Wechselwirkung dieser sich Roman nennenden Geschichte ist deshalb so enorm, weil hier eine Frau *an* ihrem offenen Herzen oder präziser, *mit Blick auf* ihr offenes Herz schreibt: über eine Erfahrung, die sie gemacht hat und die sie jetzt verarbeiten muss. Koste es, was es wolle.

Dieses Herz ist groß, riesengroß sogar, und es ist ohne Zweifel das offene Herz von Rita Falk, in das die ganze Welt menschlicher Empfindungen mit all seinen Grau-, Schwarz- und Weißtönen passt.

Rita Falks Beobachtungsgabe für Gefühle und die Fähigkeit, sie in einfachen Worten zum Klingen zu bringen, scheint mir – ich finde kein anderes Wort – *erratisch* zu sein. Nicht von dieser Welt, nicht aus dieser Zeit. Da steckt eine Empfindungstiefe in Rita Falk, die ich nur aus den Hochzeiten der deutschen Romantik kenne. Ein brennendes Herz, ein quecksilbriger Geist, eine berstende Neugier für eine Welt voller Freude und Glück und – geschwisterlich wie unabdingbar – tiefem Schmerz und größter Pein. Rita Falk ist für mich das Bildnis einer romantischen Frau, die sich in unsere Zeit *verirrt* hat.

Vor diesem Hintergrund war ›Hannes‹ in Rita Falks Werk eigentlich nur ein erster Schritt. Danach hat sich dann allerdings, einem streunenden Hund gleich, der Eberhofer an ihre Fersen geheftet und lässt sie seither nicht mehr aus den Augen. Das ist gut und schön – und es ist Kult. Aber ›Hannes‹ war eben nur der Anfang. Irgendwann wird Rita Falk da anknüpfen, wozu ›Hannes‹ nur den Auftakt bildete: diese Beichte einer romantischen Frau über ihre Gefühle von Verlust und die Frage, ob man weiterlebt mit diesem Verlust oder aufhört zu leben, aufhören *will* zu leben, weil der Verlust zu groß erscheint, als dass man ihn wirklich ertragen könnte.

Uli, der junge Mann, beziehungsweise sein Alter Ego Rita

Falk, müssen sich im Angesicht dieser Frage vom Leben oder Sterben »häuten« und ein anderer, beziehungsweise eine andere werden. Es ist die Beschreibung des ewigen Wechsels, in dem wir uns befinden und den wir unter allen Umständen annehmen und vollziehen müssen. Weil wir sonst nicht überleben können.

Als ich ›Hannes‹ begann, starb meine Mutter, als ich ›Hannes‹ beendete, folgte ihr mein Vater. Und auch Rita Falk musste am Ende von ›Hannes‹ den Fluss wieder hinaufgehen bis an die Quelle des Schmerzes, die gleichzeitig auch die Quelle von tiefer Erkenntnis ist.

›Hannes‹ hinterlässt in dieser Hinsicht in einem denkenden, fühlenden Menschen tiefe Spuren. Mich hat ›Hannes‹ gefunden, um mir den Verlust zu lehren, von dem ich erst dachte, ich könnte von ihm erzählen, ohne ihn zu kennen. Aber dann kam alles anders.

Heute ist der Jahrestag. Es ist auf den Tag und die Stunde genau dieselbe Zeit. Es hat sich gejährt, mein Freund. Mein lieber Freund, Hannes. Es ist die Stunde, in der ich in deinem Blut und Urin knie, und dein Kopf ruht auf dem kalten Asphalt, gefühlte Ewigkeiten lang. Ich sehe das Blaulicht und höre die Sirenen. Die vielen Menschen um uns rum. Schließlich der Rettungshubschrauber. »Verdammte Scheiße«, aus deinem blutenden Mund. Danach schließt du die Augen, wenn auch nicht ganz, ein winziger Spalt bleibt offen. Ich bücke mich tief über dich und kann deine Augäpfel sehen. Irgendwelche Hände zerren auf einmal an mir. Andere greifen nach deinem leblosen Körper. Dein Blut läuft langsam in den Rinnstein und nimmt mein Herz mit sich. Beides verliert sich in der Ferne.

An die nächsten Wochen habe ich kaum Erinnerungen. Ein dröhnender Schmerz lag auf mir wie Blei. Dann habe ich angefangen, dir zu schreiben, Hannes. Ich habe dir mein Leben niedergeschrieben, und das hat mir geholfen, nicht den Verstand zu verlieren. Viele der Zeilen hätte ich dir gerne erspart, mein Freund. Anderes wieder ließ meine Finger in Ekstase zucken bei jedem einzelnen Wort. Nun ist es an der Zeit, mich von den Briefen zu trennen, und ich übergebe sie heute in tiefer Dankbarkeit. Sie haben mein Leben gerettet.

Ich muss das hier jetzt niederschreiben, weil ich einfach mit niemandem darüber reden kann. Ich schreib es aus Wut und Enttäuschung. Eine riesige, unbeschreibliche, abartige Wut, kann ich dir sagen, Hannes. Ich hab geglaubt, wenn sie dich erst mal aus den Verbänden schälen, ist alles wieder wie früher. Dann stehst du aus deinem Bett auf wie Phoenix aus der Asche und wir wandern Seite an Seite die Gänge entlang und schnurstracks dem Ausgang entgegen. Aber das ist nicht passiert. Es ist überhaupt nix passiert. Du liegst da genau wie zuvor und bewegst noch nicht mal deinen kleinen Zeh. Liegst da, mit all deinen Schläuchen und Apparaten und rührst dich nicht. Du bist nicht tot und nicht lebendig, nicht Ebbe, nicht Flut, einfach verschollen zwischen den Gezeiten. Und ich sitz auf der Fensterbank in deinem Krankenzimmer und schau in die alte Kastanie hinaus. Ich hab so eine Wut auf dich, dass ich dich noch nicht mal mehr anschauen mag. Hab dich dann auch nicht mehr besucht (hast du wahrscheinlich eh nicht gemerkt). War die letzten zwei Tage nicht aus dem Haus und hatte keinerlei Kontakt zur Außenwelt.

Irgendwann, nach vielen Stunden der Wut und Enttäuschung, schlägt dann plötzlich alles um, verlagert sich quasi. Die Wut verlagert sich von deiner Person auf meine. Mir wird langsam klar, dass nicht du schuld bist an meiner Enttäuschung, sondern ich bin es selbst. Dass ich mit meinem naiven Kleingeist tatsächlich geglaubt hab, wenn die Verbände erst weg sind, ist alles okay. Als hätten die dich daran hindern können, die Augen zu öffnen oder einen Ton von dir zu geben. Wie dämlich von mir! Ich fühl mich wie ein echter Idiot, und das stimmt mich nicht gerade fröhlich. War jetzt, wie gesagt, einige Tage nicht bei dir, mein Freund, und hab schließlich gemerkt, dass es dann noch viel schlimmer ist. Dass es mir noch viel schlechter geht, wenn ich daheim rumdümple und mir das Hirn zermartere. Dann sitz ich lieber auf deiner Fensterbank und schau in die Kastanie. Schau in die Kastanie und hoffe auf ein Wunder. Und allmählich begreif ich, dass es wohl tatsächlich ein Wunder sein muss, das dich wieder zum Leben erweckt. Ich kann dir nicht helfen und kann mit niemandem darüber reden. Ich kann mit niemandem reden, weil ich ja immer verkünde, dass jetzt alles gut wird. Dass es bergauf geht, weil du ein Kämpfer bist. Dass es bergauf geht, weil eben jetzt die Verbände weg sind. Ich erzähl von deinen Fortschritten und merke, dass du keine machst. Es ist zum Kotzen. Das Schreiben hier gefällt mir gut. Ich kann da meinen Frust ablassen, ohne dass es jemandem wehtut. Vielleicht sollte ich einfach alles aufschreiben, was so passiert. Damit du auf dem Laufenden bist, wenn du wieder funktionierst, mein Freund. Es soll ja Komapatienten gegeben haben, die sind irgendwann aufgewacht und hatten keinen Schimmer, was passiert war. Wenn ich es aber schreibe und du es später liest, weißt du Bescheid. Werde drüber nachdenken, mal sehen. Übrigens hab ich vorhin noch kurz mit deiner Mutter telefoniert. Hab aber leider nix verstanden, weil sie wieder so geweint hat. Na ja.

Später: Hab mir gerade den ›Tatort‹ angeschaut und ’ne Pizza gegessen. Beides war nicht so toll. Im Grunde hab ich von beidem nix mitbekommen, weil ich an dich gedacht habe, Hannes. Weil ich dran denke, wie es wird, wenn du wieder zurückkommst. Wie es sein wird, wenn wir wieder zusammensitzen, der Kalle, der Rick, der Brenninger und wir zwei halt. Wenn wir ins Eisstadion fahren, um ein mieses Spiel zu sehen. Oder zum Baggersee und Steine floppen lassen. Wenn wir nächtelang unseren Urlaub planen und zu keiner Einigung kommen. Am Ende doch wieder nach Spanien fahren und dort wieder mal beschließen, im nächsten Jahr woanders hinzufahren. Wenn wir im Sullivan's hocken und einfach ein paar Bier zischen. Das wird klasse, mein Freund. Im Moment sieht's noch nicht danach aus. Im Grunde sieht's eher beschissen aus. Ich sag das jetzt so, weil wir haben uns doch noch nie angelogen – warum sollten wir jetzt damit anfangen? Heute ist der 26. März, und es ist jetzt schon über sechs Wochen her, dass du ins Koma gefallen bist. Ich hab nun beschlossen, dir alles so aufzuschreiben. Damit du eben auf dem Laufenden bist, wenn du wieder klar bist, Hannes. Ja, das werd ich tun. Und morgen werd ich zu dir kommen, vor dem Dienst. Denn morgen beginnt mein Nachtdienst, der erste überhaupt.

Irgendwie ist mir schon komisch, so allein mit all den Spinnern, aber andererseits ist es da vermutlich auch ruhiger. Hab jetzt die ersten Wochen als Zivi hinter mir, und ich kann dir sagen, die blöden Witze, die wir darüber im Vorfeld gemacht haben, waren beileibe nicht unberechtigt. Die Patienten oder Insassen, oder wie du willst, heißen in der Heimordnung und in der Heimbeschreibung »psychisch instabile Personen«. Die Heimordnung ist sowieso das Wichtigste hier. Die einzige Ordensschwester, Schwester Walrika (klein, dick, eine Stimme wie ein Nebelhorn und eine Zunge wie 'ne Natter, sag ich dir), achtet peinlich darauf, dass die Heimordnung penibel eingehalten wird. Die beiden Putzfrauen sind den ganzen Tag am Bohnern, Wienern und Polieren, und doch findet

Walrika immer ein Stäubchen hier oder da. Wie ein Feldwebel, sag ich dir. Früher war das Heim ein Kindergarten, das Zwergennest. Wurde wohl irgendwie zu klein oder unmodern, keine Ahnung. Dann haben die Kinder halt was Neues gekriegt und hier haben sie das Heim reingemacht. Ich nenn es Vogelnest, weil die eben alle 'nen Vogel haben (hast du dir sicher selber denken können). Die Walrika hat vor ein paar Tagen meinen Stundenplan in der Teeküche gesehen, in den ich meine Arbeitszeiten reinschreibe; hab da groß draufstehen »Vogelnest«. Dafür wollte sie eine Erklärung und ich sag dir, ihr Tonfall hatte es in sich. Komischerweise hat sie nicht getobt, als sie meine Antwort hörte. Sie hat gesagt, sie glaube mir, dass ich das nicht gehässig, sondern liebevoll meine, das mit dem Vogelnest. Und drum findet sie den Ausdruck auch nicht so arg. Ich soll's aber für mich behalten. Das hab ich auch getan, ich schwör's. Aber trotzdem macht das nun die Runde, beim Personal und bei den Insassen, und alle lächeln dabei, irre nicht? Also wie gesagt, morgen ist meine allererste Nachtschicht und mir wurde gesagt, da sei es meistens ziemlich ruhig. Ich soll was zum Lesen mitnehmen und nur nicht einschlafen. Die Nachtschicht beginnt um sieben nach dem Abendessen und endet um sieben nach dem Frühstück. Werde also morgen so um fünf noch mal bei dir vorbeikommen und – wer weiß – vielleicht ist dann ein Wunder geschehen.

Bis morgen. Uli

Dienstag, 28.03.

War gestern natürlich wie versprochen bei dir. Deine Mutter war auch da. Diesmal hat sie nicht geweint, im Gegenteil. Als ich vorsichtig und leise ins Zimmer gekommen bin, ist sie von ihrem Stuhl aufgesprungen, dass der gleich nach hinten kippte und mit einem Riesengekrache zu Boden schlug. Ganz aufgeregt (ich vermeide absichtlich den Begriff hysterisch!) hat sie mir erzählt, dass du reagiert hast. Worauf, hat sie nicht gesagt. Sie hat nur immer wieder gesagt, du hast reagiert, und war ganz aufgeregt. Ich bin dann näher gekommen und hab dich angeschaut, konnte aber keine Veränderung feststellen. Du warst käsig wie eh und dein offener Mund hing kraftlos über dem Kinn. Die Unterlippe, durch einen Schlauch beschwert, wölbte sich nach außen und stand ab, als gehöre sie dir nicht. Deine Augenlider waren wie immer nicht ganz geschlossen, einen winzigen Spalt offen, und wenn man sich bückt, kann man deine Augäpfel sehen. Das ist unheimlich, mein Freund. Aber reagiert hast du nicht, auf gar nichts. Zumindest nicht in meiner Anwesenheit. Und seien wir mal ehrlich, Hannes, wenn du auf das Stuhl-Gescheppere nicht reagierst, worauf denn sonst? Hab deine Mutter dann runtergeschickt in die Cafeteria und gesagt, sie soll sich 'nen schönen Kaffee holen und sich etwas ausruhen. Hat sie auch gemacht. Sie hat heute auch viel besser ausgesehen als die letzte Zeit, hatte rote Wangen. Vermutlich von der Aufregung, weil du reagiert hast. Hatte also doch was Gutes. Als sie weg war, hab ich mich auf deine Bettkante gesetzt und dir die Sportseiten aus der Zeitung vorgelesen. Auch die Eishockey-Ergebnisse der gestrigen Spiele, und darauf hast du auch nicht reagiert.

Ich hab dann deine Hand genommen, hochgehoben und fallen lassen. Sie ist auf die Bettdecke geknallt wie ein Stein. Von wegen Reaktion. Wenn ich dran denke, wie du mich beim Armdrücken immer genervt hast. Hatte selten eine Chance gegen dich. Und jetzt fällt dein Arm kraftlos zurück in seine ursprüngliche Position, ohne irgendeine Gegenwehr. Mensch, Hannes. Hab dann die Sportberichte weitergelesen. Irgendwann ist deine Mutter zurückgekommen und hat gesagt, ich solle doch mal was Poetisches vorlesen; so Schiller oder Goethe oder irgendetwas Melodisches und nicht die Eishockey-Ergebnisse. Musste aber dringend zur Arbeit, war eh spät dran.

Meine erste Nachtschicht war tatsächlich ruhig. Es ist praktisch nix passiert, worauf ich nicht vorher schon von Walrika aufmerksam gemacht worden wäre. Ja, die kennt halt ihre Pappenheimer. Tatsächlich ist die Frau Stemmerle aufgewacht, so um halb drei, und hat geklingelt. Als ich zu ihr kam, hat sie mich gebeten nachzusehen, ob ihre Enkelin im Zimmer sei. Man muss immer sehr laut reden, weil sie schlecht hört, und man kann sie kaum verstehen, weil nachts ihre Zähne im Glas sind. Als ich ihr schließlich erläutert hab, niemand sonst außer uns beiden wär im Zimmer, hat sie gesagt, dass sie die Jasmin umgebracht hat (ist wohl ihre Enkelin). Sie hat am ganzen Leib gezittert und ihre runzligen Hände waren eiskalt. Hab ihr die dann gerieben, ganz leicht, bis mir der linke Fuß eingeschlafen ist (bin auf ihrer Bettkante gesessen). Ich bin aufgestanden und jetzt war sie ganz ruhig. Ich war mir ehrlich gesagt nicht ganz sicher, ob sie mir nur bis zum Frühstück oder für immer weggedöst ist, und habe mit meinem Ohr kurz an ihrem Mund gelauscht. Aber sie hat schon noch geschnauft. Das war dann auch schon alles für diese Nacht.

Am Morgen hab ich der Walrika noch beim Frühstückmachen geholfen und musste anschließend die Insassen (Walrika nennt sie »Gäste«, und ich werde mich hüten, ihr von meinen »Insassen« zu erzählen), also die Walrika hat mich gebeten, die Gäste zu wecken und in den Frühstücksraum zu beordern oder gegebenenfalls zu begleiten. Ich sag dir eines, das war die schwierigste Aufgabe bislang überhaupt. Man könnte ja meinen, die hätten um neun, halb zehn Nachtruhe, wären ausgeschlafen und kämen dann morgens flott aus den Puschen. Weit gefehlt! Da musst du rütteln und schütteln und singen und ringen – ha –, ein Affenzirkus! Natürlich nicht alle. Einige der Insassen, genau genommen zwei, sitzen schon lange am Frühstückstisch, sehr lange, frisch gewaschen, topfit und können es kaum erwarten, dass wir mit den Rollwägen anrollen. Aber alle anderen krallen sich in ihren Federn fest, als würden wir sie für den Henker holen. Du siehst, die Späße, die wir im Vorfeld über meine Arbeit hier gemacht haben, haben die Thematik längst noch nicht ausgeschöpft, und ich finde hier den besten Nährboden für neue. Ich hau mich jetzt aufs Ohr, um abends dann fit zu sein. Um in mein weißes Kittelchen zu springen – das mir übrigens ausgezeichnet steht und mich sehr autoritär wirken lässt.

Freitag, 31.03.

Mensch, Hannes, das Frühjahr beginnt und du liegst da und rührst dich nicht. Als ich heut früh mit dem Radl heimgefahren bin, hat es schon überall nach Frühling gerochen. Und du weißt ja, ist der Frühling erst da, ist auch der Sommer nicht mehr weit. Und das wäre der erste Sommer für mich seit einundzwanzig Jahren, den ich ohne dich verbringe. Mir graust davor.

Gestern hab ich's nicht mehr zu dir geschafft, habe verpennt. Hab dann vom Vogelnest aus bei dir zu Hause angerufen, in der Hoffnung, dein Vater geht ran. War aber nicht so. Und als ich die weinerliche Stimme von deiner Mutter hörte, hab ich aufgelegt, sorry. Aber das hat dann eh keinen Sinn, weil ich sie nicht verstehe, verstehst du?

In der Arbeit war alles ruhig, aber eines muss ich dir schon erzählen: Wir haben da so einen kleinen Balkon im Hochparterre, direkt neben der Küche, und da verschwind ich ab und zu, um 'ne Zigarette zu rauchen. Ich bin ganz leise, dass mich niemand hört, stell mich ins Eck, dass mich niemand sieht, und schließ die Tür, dass mich niemand riecht. Und gestern – wie aus dem Erdboden und ohne jede Vorwarnung – steht die Walrika plötzlich mit mir auf dem Balkon. Ich hätt um ein Haar die Zigarette runtergeschluckt, nur um ihrem Anpfiff zu entkommen (steht nämlich in der Heimordnung, dass »das Rauchen auf dem gesamten Gelände des Heimes, dazu gehören auch die Außenanlagen, zu unterlassen ist!«). Sie sieht mich an, lange und ruhig, und die Zigarette glimmt zwischen meinen Fingern so dahin. Ich wage weder weiterzurauchen noch sie wegzuwerfen, und irgendwann brennt sie gewaltig zwischen meinen Fingerkuppen. Nach einer schieren Ewigkeit hat sie dann gefragt: »Brennt's?« Ich habe genickt, und sie: »Warum benutzen Sie dann in Gottes Namen keinen Aschenbecher, Uli?«

»Weil das Rauchen hier auf dem gesamten Gelände des Heimes, dazu gehören auch die Außenanlagen, verboten ist«, sag ich. Darauf holt sie, und jetzt halt dich fest, unter ihrer Kutte eine Schachtel Zigaretten hervor und sagt: »Das gilt nur für unsere Gäste. Wir wollen doch nicht, dass sie sich oder uns in Gefahr bringen, nicht wahr?« Und sie schiebt mit ihrem Fuß in den schwarzen Schnürhalbschuhen hinter dem Fensterladen einen kleinen Aschenbecher hervor, der diskret am Boden stand. Dann hat sie eine Zigarette geraucht, zwar nur halb, aber das gilt trotzdem. Als wir wieder reingingen, sagt sie noch, ohne mich anzusehen: »Sonst hab ich aber keine Laster!« Ich hab das unglaublich gefunden: Da steht vor dir so 'ne dicke kleine Klosterfrau mit 'nem Riesenkreuz am Hals und pafft gemütlich ein Zigarettchen. Da fällt dir nix mehr ein.

Du, Hannes, ich hab die Kiermeier Sonja getroffen, weißt schon, die wir alle gern mal rumgekriegt hätten, und nur der Brenninger durfte da ran. Egal. Jedenfalls studiert die jetzt Medizin. Ich hab ihr natürlich von deinem Unfall erzählt und sie wollte alles ganz genau wissen. Aber sie hat nur den Kopf geschüttelt und gesagt, wenn das jetzt schon fast sieben Wochen sind, dann schaut's schlecht aus. Die meisten Komapatienten kommen entweder gleich oder nimmer, hat sie gesagt. Sie ist zwar erst im zweiten Semester, aber Alter, du solltest langsam mal Gas geben, sonst wird's hinten eng. Ich mach jetzt Schluss für heute, bin saumüde. Morgen schaff ich's bestimmt zu dir rein, hab mir auch den Wecker gestellt.

Sonntag, 02.04.

Servus Hannes,
heute ist mein heiliger Ausschlaftag, und es ist jetzt tatsächlich schon halb zwei am Nachmittag. Ich hab hier im Bett gefrühstückt, und da lieg ich immer noch und schreib dir von den letzten Tagen. Werde vermutlich erst gegen Abend duschen und anschließend ins Eisstadion fahren. Heute kommen die Eisbären, ist womöglich das letzte Spiel in dieser Saison, wenn sie wieder verlieren. Mensch, ich hätt dich so gern dabei.

War also gestern bei dir, alles unverändert, bis auf deine Mutter. Die roten Backen sind wieder verschwunden und das Weinen hat sie auch aufgehört. Sie stand lange mit dem schnauzbärtigen Arzt im Korridor, ich hab es durch die kleine Scheibe in deiner Zimmertür gesehen. Sie wirkte ein wenig unsicher, als sie ihn angesprochen hat, und auch nicht besser, als sie zurückkam. Ich bin dann von deiner Bettkante aufgestanden, um ihr Platz zu machen, aber sie hat gesagt: »Bleib nur, Uli.« Danach hat sie ihre Tasche und Jacke genommen und ist raus. Ohne ein Wort. Das war schon komisch. Ich hab dir dann den Brief vorgelesen, so weit ich ihn halt geschrieben habe. Es sind meine Gedanken, die ich dir bis jetzt und mein ganzes Leben lang erzählt hab, mein Freund, und das fehlt mir am meisten. Unser alltägliches Gelaber. Über nix. Über Gott und die Welt. Du warst mein Tagebuch und ich das deine. Nun schreib ich es eben auf, damit du später weißt, was passiert ist in der Zeit, die du verpennt hast. Na ja. Jedenfalls bin ich auf der Bettkante gesessen und hab dir vorgelesen. Reagiert hast du aber nicht.

Nach einer Weile ist die Nele gekommen. Sonderbarerweise waren wir beide fast täglich bei dir und sind uns trotzdem nie begegnet. Sie ist zur Tür rein, hat mich angeschaut und ist ohne jede Vorwarnung mit erhobenen Fäusten auf mich los. Hat wie wild auf meinen Brustkorb getrommelt und immer geschrien: »Ihr mit euren blöden Motorrädern! Ihr mit euren blöden Motorrädern …« Das war gar nicht lustig. Irgendwie hab ich ihre Hände auch nicht richtig zu fassen gekriegt. Sie hat geschrien wie verrückt, und du hast wieder nicht reagiert. Zum Glück ist irgendwann der Dr. Schnauzbart rein und hat sie von mir entfernt. Sie ist noch kurz zu dir ans Bett und hat dich auf die Stirn geküsst. Dann ist sie weg. Ehrlich, Hannes, ich hätt so gern was Nettes zu ihr gesagt, was Freundliches oder was Tröstliches, aber ehrlich, ich hatte keine Chance. Wir sind ziemlich stumm gewesen, als sie weg war. Du ja naturgemäß, und mir war auch nicht mehr zum Erzählen. Drum bin ich dann auch gegangen.

Verdammt, ich hab dich doch noch im Rückspiegel gesehen, die ganze Zeit. Und plötzlich in dieser ewig langen Kurve, an dieser ewig hohen Mauer entlang, warst du einfach aus meinem Blickfeld verschwunden. Ich bin noch ein Stück gefahren, grinsend zugegebenermaßen, weil ich dachte, du hättest in dieser Kurve das Tempo rausgenommen. Bin dann schließlich umgekehrt und … verdammt! Verdammt, Hannes!

War heute auf dem Heimweg noch kurz im Sullivan's, hab ein Bier getrunken. Der Rick, der Kalle und der Brenninger waren da, und es spielte 'ne Live-Band. Es war voll und laut, wie jeden Samstag, und mir war's zu voll und zu laut. Also bin ich heim und – stell dir vor – an meiner Haustür lehnt die Nele, angestrahlt von einer Straßenlaterne. Sie hat mich abgepasst. Und weißt du, Hannes, was dann passiert ist? Ich hab gesagt: »Hau ab!«, und bin einfach an ihr vorbei in meine Bude. Sie stand da, verweint und nass (es hatte geregnet), und ich hab sie einfach stehen lassen! Und weißt du, warum, mein Freund? Weil mir im Laufe des Abends aufgefallen ist, dass keiner von uns ein Recht hat, dem anderen einen Vorwurf zu machen. Weil wir nämlich alle gleich viel leiden. Der Rick, der Kalle, der Brenninger, deine Eltern, die Nele und ich. Und ich weiß nicht, wer noch, wir alle eben. Sie braucht mir also jetzt nicht so zu kommen. Ich hoffe, sie hat's kapiert. Berichte morgen weiter, muss jetzt ins Eisstadion.

Montag, 03.04.

Die Narren haben das Spiel gestern 2:7 verloren, und das, obwohl sie schon 2:0 vorne lagen. Es war erbärmlich, du kannst dir das nicht vorstellen. Da kannst du echt mal froh sein, das verpasst zu haben. Nun ist die Saison rum, und ich glaube, es ist gut so. Hab dir den Spielbericht vorgelesen, aber du hast nicht reagiert.

Hab jetzt wieder Tagdienst, ist zwar anstrengender, aber die Zeit vergeht schnell. Heute haben wir einen Neuzugang bekommen, einen Jungen, Florian, siebzehn, groß und kräftig und sagt kein Wort. Wir hatten eine kurze Sitzung, wie immer, wenn jemand neu hier ankommt, Schwester Walrika, Frau Dr. Redlich und wir vom Pflegepersonal halt. Die Redlich ist hier die Psychologin, ein scharfes Teil mit langen roten Haaren, etwas schnippisch und von oben runter, aber absolut lecker, sag ich dir. Bei diesen Sitzungen erfahren wir alles über den Neuzugang, was uns den Aufenthalt hier verständlich macht. Hier im Vogelnest ist keiner eingewiesen worden, weißt du, alle sind freiwillig hier. Das Heim wird auch nur zu einem kleinen Teil von den Kassen bezahlt, das meiste muss privat berappt werden. Ab und zu gibt's 'ne Spende von großzügigen Gönnern, denen selbst oder deren Familienangehörigen hier auch schon Hilfe zuteil wurde. (Mein mickriges Gehalt zahlt natürlich der Staat und das von der Walrika die Kirche.) Außerdem gibt's hier keine Gruppengespräche, einfach weil man niemanden zwingen will, sein Innerstes nach außen zu kehren, nur weil es alle anderen tun. Das find ich gut. Die Insassen können ihr Herz der Frau Dr. Psycho-Redlich ausschütten oder der Schwester Walrika, oder sie lassen es einfach bleiben. Es wird zwar gemeinsam gebastelt, gemalt oder so, aber es gibt keinen Gruppenzwang. Ich vermute mal, dass das der Grund ist, warum alle so gern hier sind. Und das sind sie zweifellos. Ich selber muss gestehen, mein Freund, und nun lach nicht, dass ich gern hier bin. Dieses alte Gemäuer mit dem ganzen Jugendstil, das hat was. Ich weiß nicht, vielleicht ist es eine Art Würde, die das Haus den Insassen zurückgibt, und das haben sie unbedingt nötig. Das hab ich schon erfahren, als mich mein Vorgänger hier eingearbeitet hat. Wir haben da so einen Typen, Winfred, und der leidet unter Verfolgungswahn, was jetzt hier aber keine Rolle spielt. Jedenfalls sind wir zu ihm ins Zimmer rein und ich hab ihn begrüßt, indem ich »Servus Fredl« zu ihm gesagt hab. Was gar nicht böse gemeint war, ich schwör's. Außerdem find ich auch Fredl viel netter als Winfred. Egal. Jedenfalls hat mich mein Vorgänger daraufhin am Kragen gepackt und gesagt: »Der Winfred heißt Winfred, und das soll auch so bleiben, kapiert! Das Einzige, was wir für die Menschen hier tun können, ist, sie zu respektieren. Ein bisschen Respekt hebt ihre Würde ganz enorm. Hast du das kapiert, du Prolet?« Ich hab genickt und schon gewusst, dass er recht hat damit. Ja, sosehr mir auch gegraust hat vor der Zivi-Zeit, ich bin schon ziemlich gern hier, warum soll ich dich anlügen? Werde morgen nach dem Dienst zu dir kommen. Gute Nacht!

Dienstag, 04.04.

Heute hab ich das erste Mal seit dem Unfall deinen Vater getroffen. Er ist bleich wie deine Mutter, hat einiges an Gewicht verloren (was ihm nicht schadet – ganz klar), und er hat nach Alkohol gerochen. Es war am frühen Abend, und zwar im Krankenhausfoyer. Wir haben uns eine Zeit lang unterhalten, meistens natürlich über dich. Er macht einen sehr bedrückten Eindruck, mein Freund. Er hat gesagt, dass jetzt alles anders geworden ist seit diesem Tag, diesem Scheißtag, hat er wörtlich gesagt. Und dass euer Hund seit diesem Scheißtag nun auch wieder in die Küche kackt. Genau seit diesem Tag, hat er gesagt. Er kann ja die wahre Geschichte nicht wissen, oder? Die Geschichte, dass der Hund vom allerersten Tag an nachts in die Küche geschissen hat. Du und deine Mutter, ihr wolltet damals unbedingt diesen kleinen Köter, ich erinnere mich genau. Das Vieh hat von Anfang an und beinahe täglich in die verdammte Küche gekackt, und dein Vater hat vom ersten Tag an getobt. Deine Mutter hat geweint, nicht wahr. Sie wollte das blöde Vieh ja unbedingt behalten, allein schon deinetwegen. Weil du ja ein Einzelkind warst, und da solltest du wenigstens ein Hündchen haben. Irgendwann eines Morgens, nachdem deine Mutter die stinkenden Spuren der letzten Nacht beseitigt hatte, hat dein Vater gesagt: »Beim nächsten Mal kommt das Vieh weg, und wenn ich es eigenhändig in der Donau ersäufen muss!« Deine Mutter hat daraufhin geweint, und ab diesem Tag (du warst so vierzehn oder fünfzehn) hast du dir morgens den Wecker gestellt und bist vor deinen Eltern in die verschissene Küche gegangen und hast die nächtlichen Hinterlassenschaften deines Geschwisterchens beseitigt. Viele, viele Jahre lang, mein Freund. Das hat schon was Edles, muss ich gestehen. Würde aber gerne wissen, ob du's wegen deiner Mutter getan hast oder weil dir selber was lag an der kleinen Töle. Werde dich fragen, sobald es geht. Jedenfalls hat dein Vater nun gesagt, es ist egal, ob der Köter weiterhin in die Küche scheißt oder nicht, er will ihn trotzdem behalten. Schließlich hätte man sich nach all den Jahren an ihn gewöhnt. Und wenn du erst wieder zu dir kommst, willst du ihn ganz bestimmt sehen. Vielleicht hört er ja dann auch wieder auf mit dem blöden Gekacke, hat er gesagt.

Bin heute früher zur Arbeit und war schon vor dem Frühstück anwesend. Es hat sich einfach so ergeben, also hab ich mitgefrühstückt. Das tu ich ja nach der Nachtschicht sowieso, hab nun aber beschlossen, dass ich es in Zukunft auch vor dem Tagdienst mache. Spart mir eine Mahlzeit, die ich nicht bezahlen muss, außerdem ist das Frühstück lecker. Es gibt Milchtee oder Kaffee Hag, dazu Semmeln, Marmelade oder Honig, Butter, gelegentlich Frischkäse vom Lehmbichlhof (die machen den eigentlich nur für den Eigenbedarf, manchmal bringt der alte Bauer aber einen Topf voll vorbei – unglaublich gut). Die alte Frau Stemmerle (die ihre Enkelin umgebracht hat) freut sich immer unheimlich, wenn ich mitfrühstücke, weil ich ihre Buttersemmel schmiere und sie dann nur noch essen muss.

Nach der Arbeit bin ich noch zu dir rein, es war 'ne Schwester da, die dir grad den Katheter gewechselt hat. Nicht schön, mein Freund. Ich hab derweil vor der Tür gewartet. Der Schnauzbart ist vorbeigegangen und hat an seinem Bart gezwirbelt. Auf einmal ist er stehen geblieben, umgekehrt und direkt auf mich zu. Er hat mich gefragt, ob wir beide verwandt sind. »Nein«, hab ich gesagt, »nur gute Freunde.«

»Nur gute Freunde, was?«, hat er nach einer Weile gesagt, hat weiter an seinem Schnauzer gezwirbelt und ist weggegangen. Gleich darauf, als ich dir die Geschichte erzählt hab, ist mir das noch mal so durch den Kopf gegangen. Und jetzt frag ich mich, was das eigentlich heißen sollte. »Nur gute Freunde, was?« Denkt der womöglich, dass wir zwei, na ja, denkt der denn, wir zwei wären schwul? Was sagst du dazu, Hannes, der hält uns womöglich für zwei Schwuchteln. Werde das klarstellen, sobald ich ihn wieder treffe, diesen Arsch. Melde mich morgen wieder.

Freitag, 07.04.

Hab nun ein paar Tage nix geschrieben, dafür war ich aber jeden Tag im Krankenhaus. Den Schnauzbart hab ich leider noch nicht erwischt. Hab dann im Schwesternzimmer nachgefragt, wo er abbleibt, und hab feststellen müssen, dass er die letzten Tage zeitgleich mit mir Schicht hat. Muss sie halt auf nächste Woche verschieben, meine Klarstellung.

Als ich am Mittwoch auf meinen Balkon rauswollte (im Vogelnest), stand die Walrika schon draußen und hat eine Zigarette geraucht. Es war nach dem Essen und die Insassen hielten gemeinschaftliche Mittagsruhe. Zuerst hab ich etwas verlegen in meinen Hosentaschen rumgefummelt, hab mir aber am Ende doch eine Zigarette angezündet, und so haben wir gemeinsam geraucht. War trotzdem irgendwie komisch. Ich hab immer das Gefühl, etwas Verbotenes zu tun, wenn sie mir dabei zuschaut. Obwohl sie ja selber raucht, die Walrika. Jedenfalls sind wir hinterher wieder rein, und ich bin ins Büro, um mir den Tagesablauf für den nächsten Tag anzusehen (steht immer drauf, wer was macht, Therapie, Basteln, Gesprächstermine und so weiter). Der Plan hängt an einer Pinwand und davor steht die Psycho-Redlich und guckt eben auch drauf. Als ich mich grade so neben sie stell, fängt sie auf einmal an, so zu schnüffeln, und sagt schließlich: »Sie stinken nach Rauch, Vorholzner!« Und bevor ich den Satz überhaupt kapiert hatte, hörte ich hinter mir die Walrika sagen: »Und sie nach Essigessenz!« Zuerst hab ich das gar nicht so begriffen, aber eigentlich hat sie schon recht, die Walrika. Die Redlich riecht immer irgendwie sauer. Nein, sauer ist wohl auch verkehrt, eher säuerlich oder süß-sauer. Vermutlich ist es ein Deo oder Parfüm, oder was weiß ich, bestimmt auch nichts Billiges (an ihr ist überhaupt nix billig). Na, jedenfalls riecht es nicht angenehm. Komisch ist nur, dass der Walrika so was auffällt. Und auch komisch, dass sie es so deutlich sagt und auch noch meinetwegen. Die Psycho-Redlich hat nur eine Augenbraue hochgezogen und dann schnurstracks den Raum verlassen. Die Walrika hat mir einen Pfefferminzdrops zugesteckt und geflüstert: »Sollte man immer dabeihaben, Uli. Nehmen Sie schon eins, in Gottes Namen.«

Und stell dir vor, wen ich gestern an der Tankstelle getroffen hab? Da kommst du nie drauf. Es war die Rektorin aus unserer Grundschule (leider ist mir ihr Name nicht mehr eingefallen, irgendwas Ausländisches, sie war doch mit einem Holländer verheiratet, Van der Neut, Van der Block oder so was). Na, jedenfalls hat die mich nach dir gefragt, hatte von deinem Unfall erfahren. Ich hab ihr also der Reihe nach ihre Fragen beantwortet, und sie sagt schließlich: »Ja, der Hannes und der Uli, unzertrennlich … unzertrennbar eigentlich, wie siamesische Zwillinge. Hab damals den Lehrern schon immer im Vorfeld Bescheid gegeben, euch nicht zusammensitzen zu lassen. Jedes Jahr, immer das Gleiche. Hab immer gesagt, den Vorholzner und den Ellmeier nicht in eine Bank, auf keinen Fall, hab ich gesagt.« Ich hab gleich gar nicht gewusst, was ich darauf sagen soll. Hab sie dann aber doch gefragt, warum sie das gemacht hat, wir wären doch eigentlich ganz harmlos gewesen.

»Jeder von euch beiden schon, Uli, absolut harmlos, aber zusammen! Zusammen wart ihr eine Katastrophe. Wie Nitro und Glyzerin, weißt du. Jeder völlig harmlos für sich alleine, aber gemeinsam eben hochexplosiv.«

Komisch, ich hab das so nie gesehen, du etwa, Hannes? Na ja, die eine oder andere Geschichte im Pausenhof war wohl doch übel. Aber wir haben doch unsere gerechte Strafe immer postwendend abgesessen. Die vorderste Bank im Nachsitzraum hatte die Form unserer Arschbacken, wetten? Und die Mitteilungen an unsere Eltern, die natürlich umgehend durch Hausarrest quittiert wurden (zumindest in den ersten Jahren, danach haben wir sie ja selber unterschrieben), waren nicht wenig, oder? Aber Nitroglyzerin, ich weiß nicht. Na ja. Jedenfalls soll ich dir schöne Grüße ausrichten und gute Genesung, was ich dir auch am gleichen Tag noch ausgerichtet habe, du hast aber wieder nicht reagiert.

Übrigens hab ich nach diesem Treffen mit der Rektorin in meiner Fotoschachtel rumgekramt und nach dem Bild von unserem ersten Schultag gesucht. Bin schließlich fündig geworden. Wir beide stehen da, Arm in Arm mit unseren Schultüten und grinsen in die Kamera. Du hattest gerade die zweite Garnitur Schneidezähne gekriegt, welche bei mir zu dem Zeitpunkt komplett fehlten und durch eine irre Zahnlücke ersetzt wurden. Ich habe das Foto als Kind mal zerrissen, Hannes. Weil es mich nämlich geärgert hat, dass du so erwachsen gewirkt hast und ich im Vergleich wie ein Baby. Heut muss ich sagen, diese Riesenhauer waren auch nicht schön in deinem Kindergesicht. Na ja. Jedenfalls hab ich das Bild zerrissen und meine Mutter hat es anschließend mit Tesa geklebt. Sie hat das unglaublich süß gefunden, dass ich mich so geärgert hab. Es ist ein tolles Foto von uns beiden: Ich hab auf die Rückseite »Nitroglyzerin« draufgeschrieben, und seit heute trag ich es heckseits in der Hosentasche meiner Jeans.

Bin in deinem Krankenzimmer auf den Kalle und auf den Rick gestoßen, die beiden standen so zwei Meter von deinem Bett entfernt und haben sich auf Zehenspitzen gestellt, um dich überhaupt sehen zu können. Genau so, als hättest du Lepra oder so was. Der Rick hat an seinen Fingernägeln gebissen. Hab mich dann auf deine Bettkante gesetzt und gesagt: »Okay, wir sind zu viert, lasst uns Karten spielen!« Darüber haben sie gar nicht lachen können. Sie waren so ernst und beklommen, als wären sie auf deiner Beerdigung. Ich hab noch ein paar solcher Sprüche geklopft, und schließlich sind sie abgezogen. Hab ihnen noch kurz hinterhergeschaut, und als ich dich wieder ansah, hast du gegrinst, mein Freund. Zumindest hab ich mir das eingebildet. Nein, ich könnte wetten, dass du gegrinst hast. Das war am Mittwoch.

Und am Donnerstag, als ich bei dir war, herrje, das kannst du dir nicht vorstellen! Wir sitzen da so gemütlich und ich les dir grad die Sportseite aus der Zeitung vor, da kommen deine Eltern. Sie waren ganz schnell im Zimmer und haben die Tür hinter sich zugemacht und dagegen gehalten, als wär der Teufel hinter ihnen her. Deine Mutter hat geschnauft wie ein Walross, und dein Vater ist an ihr vorbei direkt auf mich zu. Er hat mir die Hand geschüttelt und gesagt: »Dieses Weib bringt mich noch mal um!« Und was soll ich dir sagen, die hatten den Köter dabei! Hatten ihn unter einer Jacke vorbeigeschleust an sämtlichem Pflegepersonal. Deine Mutter hat ihm die Schnauze zugehalten, damit er nicht bellt, dafür hat er aber gewinselt. Das wiederum hat sie mit einem künstlichen Gehüstel übertönt und so sind sie halt dahergehetzt. So hat es dein Vater erzählt und sich immer wieder die verschwitzte Stirn abgetupft. Seine weitere Aufgabe war es dann, an der Tür zu stehen und durchs Fenster zu starren, Schmiere stehen eben. Und deine Mutter hat dir den Köter auf die Brust gesetzt und drauf gewartet, dass du reagierst. Hast du aber nicht. Der Köter übrigens auch nicht. Der wollte immer nur runter vom Bett und vermutlich auf den Boden scheißen. Irgendwann sind sie wieder weg und ich hab mich auf deine Bettkante gesetzt und den Sportbericht zu Ende gelesen.

Ja, mehr ist eigentlich nicht passiert. Es hat grad geläutet bei mir, und der Brenninger, der Rick und der Kalle stehen mit einem Bierkasten unten. Melde mich morgen wieder.

Samstag, 08.04.

Du, Hannes, es wär jetzt schon schön, wenn du langsam wieder werden würdest. Es ist nicht das Gleiche ohne dich. Gestern Abend hatte ich ja noch Besuch (wie berichtet), wir haben Bier getrunken und über alte Zeiten gequatscht. Plötzlich hat der Brenninger gesagt, wie dämlich wir zwei gewesen wären, mitten im Februar, quasi mitten im Winter, mit den Maschinen rauszufahren. Aber es war doch so schön, oder, Hannes, so um die zwanzig Grad und Sonne. Und wir waren uns doch einig, dass genau ein solcher Tag wie geschaffen ist für die erste Tour des Jahres, oder, Hannes? Na ja. Irgendwann lief dann natürlich unvermeidlich die alte Scheibe von STS, und wir haben die Fotos vom letzten Urlaub angeschaut. Wir haben dann gemerkt, dass auf den allermeisten Fotos du drauf bist: Hannes am Strand, Hannes in der Disco, Hannes mit Bier, Hannes mit Weibern, Hannes in Badehose, Hannes ohne Badehose. Vermutlich liegt es dadran, dass du der Einzige ohne Fotoapparat warst. Egal. Wir haben eben Fotos angeschaut und Bier getrunken und STS gehört. Und der Rick hat an seinen Fingernägeln gebissen. Irgendwann hat der Kalle angefangen zu weinen und wir haben abgebrochen. Bin dann noch lange nicht eingeschlafen, hab das Licht ausgemacht, aus dem Fenster hinaus eine Zigarette geraucht und die Sterne (waren unglaublich viele) angeschaut. Mir war so hundeelend, wenn die Möglichkeit bestanden hätte, ich wär zu dir ins Krankenhaus gefahren und hätt mich neben dich ins Bett gelegt (hat der Schnauzbart womöglich doch recht??). Ich befürchte ja schon manchmal, dass das mit dir nix mehr wird, mein Freund. Aber heute Nacht hab ich mir das einmal so vorstellen müssen, wie das wär, wenn ich dich nicht mehr besuchen kann. Wenn du eben stirbst und ich nicht mehr zu dir ins Krankenhaus kann. Brauch dann hier auch nicht mehr weiterzuschreiben, wozu auch? Hannes, das war grauenvoll. Irgendwann bin ich eingeschlafen, nicht lange (es ist jetzt zwanzig nach sechs), und nun schreib ich halt das hier. Mensch, Alter, reiß dich zusammen. Es gibt Komapatienten, die lange weg waren und topfit wiederkamen. Du warst doch immer ein Kämpfer, also mach jetzt mal zu!

Hab den Rick und den Kalle übrigens gestern Abend noch gefragt, warum sie so verklemmt waren im Krankenhaus. Sie haben gleich drauflosgetönt (Bier löst Zunge!), dass sie doch gerade erst gekommen wären, und dann wär ich da hereinmarschiert, hätt mich aufs Bett gepflanzt und mich in den Vordergrund gespielt. Außerdem wären meine Witze geschmacklos und unpassend gewesen. Aber du, mein Freund, du hast gegrinst, ich bin mir ganz sicher.

Abends. War noch bei dir im Krankenhaus und bin auf die Nele gestoßen. Sie ist auf deiner Bettkante gesessen und hat deine Hand gestreichelt. Und ich bin auf dem Fensterbrett gesessen und hab ihr dabei zugesehen. Wir haben alle drei die ganze Zeit geschwiegen (du ja naturgemäß), und kurz bevor die Nele gegangen ist, hat sie dich auf die Stirn geküsst, hat sich vor mich hingestellt und mir die Hand gereicht. Sie hat gesagt: »Es war blöd von mir neulich. Tut mir leid. Aber mir fehlt er halt so, weißt du, Uli.« Hab ihr auch die Hand gereicht und genickt. Denke, die Sache ist aus der Welt.

Sonntag, 09.04.

Ausgeschlafen. Bin gestern früh ins Bett und habe durchgeschlafen bis heute um halb eins. Habe quasi die letzte Nacht wieder reingeholt. Beim Frühstücken haben dann meine Eltern von ihrem Altersruhesitz in Spanien angerufen (meine Mutter hasst dieses Wort. Sie sagt, es ist kein Altersruhesitz, sondern ein Neuanfang.). Natürlich war es dasselbe Blabla wie immer. Sie wollten wissen, wie es dir geht, und als ich sage schlecht, sagt meine Mutter, ich soll nicht immer so negativ sein. Vielleicht mal ein bisschen meditieren oder Yoga, und ich soll nicht mit vollem Mund reden (war aber gerade am Frühstücken). Außerdem soll ich dich schön grüßen und dir sagen »Kopf hoch«. Wie idiotisch ist das denn, wo sie doch weiß, dass du deinen Kopf noch nicht einmal spürst. Außerdem hat sie noch erzählt, dass der arme Carlos auch krank ist (wer auch immer der arme Carlos ist). Im Übrigen würde sie heute sowieso noch mit deinen Eltern telefonieren, mal sehen, was die sagen.

Danach ist mein Vater an den Apparat und hat nach einigem Blabla gefragt, ob ich denn noch hin und wieder Posaune spiele. Hatte gleich gar keine Antwort parat, weil ich die blöde Posaune längst verdrängt hab. So schön hätt ich gespielt und so laut, hat er gesagt. Und dass es für ihn noch heute eine wahre Freude ist, wenn er daran denkt. Eine wahre Freude, wirklich. Hinterher ist mir eingefallen, wie wir beide, Hannes, meine allererste Posaune sabotiert haben. Einfach weil ich keine Lust auf Posaune hatte, aber auch nicht den Mut, das meinem Vater zu gestehen. Irgendwie sind wir dann auf die Idee mit dem Sekundenkleber gekommen, weißt du das noch, Hannes? Wir haben fast den ganzen Inhalt dieser kleinen Tube reingedrückt in die blöde Posaune. Hinterher hat sie nur noch gefurzt. Mein Vater kam nie drauf, dass wir beide etwas damit zu tun hatten. Vielmehr hat er gesagt, wir hätten gleich ein teures Instrument kaufen sollen, und dass man da wieder mal sieht, was man von diesem billigen Chinascheiß hat. Habe am nächsten Tag eine echt teure Posaune von ihm bekommen.

Nach dem Telefonat bin ich dann in T-Shirt und Unterhosen rauf in den Speicher und habe die blöde Posaune gesucht. Bin nach einigem Gewühle auch fündig geworden und hab mich auf einen Stapel alter Teppiche gesetzt, um das Teil anzuschauen. Hab dann mein T-Shirt ausgezogen und angefangen, den Staub abzuwischen und das Metall zu polieren. Kurz darauf ist meine Nachbarin mit ihrem Wäschekorb gekommen, hat mir einen äußerst sonderbaren Blick zugeworfen und schließlich begonnen, die Wäsche aufzuhängen.

Hat die noch nie jemanden in Unterhosen auf dem Speicher sitzen sehen, der seine Posaune poliert? Egal. Jedenfalls hab ich mir jetzt überlegt, das gute Stück mit ins Vogelnest zu nehmen. Für den Morgenappell. Werde mich damit in den Korridor stellen und die Insassen aus den Federn blasen. Dann ist dieses leidige Gewecke am Morgen Geschichte. Ja, das werd ich tun!

War am Abend noch bei dir und hab ein bisschen aus meinem Leben vorgelesen. Bin auf der Bettkante gesessen und auf dem Fensterbrett. Hab in die Kastanie geschaut oder in den Spalt deiner Augen und hab hundertmal deine Hand auf die Bettdecke plumpsen lassen. Sie fällt wie ein Stein. Morgen beginnt meine Nachtschicht wieder und ich werde dich davor besuchen.

Mittwoch, 12.04.

Es ist jetzt halb zwei in der Früh und ich schreibe hier im Vogelnest. Ich mag die Nachtschichten, sie sind ruhig (meistens) und das alte Gemäuer hier ist nachts noch viel besser als am Tag. Die Walrika hat im ganzen Haus Stehlampen aufgestellt, die warme Töne an uralte Mauern werfen und den Insassen den Weg weisen sollen, wenn sie nachts wandern. Das kommt zwar kaum vor, aber eben nur kaum. Unter einer solchen Lampe sitz ich nun und erzähl dir von den letzten Tagen. Also, wie gesagt, die Nächte hier sind durchweg ruhig, und so habe ich beschlossen, mir die Akten der Insassen mal genauer anzusehen. Einfach weil ich wissen will, weshalb sie hier die Zeit totschlagen. Am meisten hätte mich natürlich die Akte von unserem Neuzugang Florian interessiert. Weshalb ist ein siebzehnjähriger kräftiger Junge in einem Heim für »psychisch instabile Personen«? Leider ist die Akte aber bei der Psycho-Redlich, deshalb hab ich mit Frau Stemmerle angefangen.

Und stell dir vor, Hannes, die hat tatsächlich ihre Enkelin auf dem Gewissen. Natürlich nicht absichtlich und auch nicht fahrlässig, aber trotzdem. Also, die Stemmerles hatten (oder haben, keine Ahnung) ein nicht unbeachtliches Grundstück am Starnberger See mit direktem Zugang und fetter Villa drauf. Übrigens seit Generationen, wäre mittlerweile wohl unerschwinglich. Die ganze Familie wohnte dort, und der Herzschlag dieser Familie war die Jasmin, eben die Enkelin von der Frau Stemmerle. Wohl schon sehr früh hat man dem kleinen Mädchen das Schwimmen beigebracht, war die Nähe zum See doch ein ständiges Risiko. Und schnell schwamm das Kind wie ein Fisch und die Familie war beruhigt. An diesem heißen Nachmittag, den die Jasmin nicht überleben sollte, ging die Oma, wie schon so oft zuvor, mit ihr zum nahen Wasser runter. Die Eltern waren beide arbeiten und der Großvater hat in den kühlen Räumen des Hauses seinen kleinen Mittagsschlaf gehalten. Das Mädchen hat vergnügt auf einer Luftmatratze geplanscht und die Oma mit Wasser bespritzt, die auf einer Decke am Ufer saß. Jasmin war übermütig und fröhlich und aus dem Wasser gar nicht mehr rauszukriegen. Das war es dann wohl auch, sie hat einfach ihre Kräfte überschätzt. Irgendwann wollte sie sich auf der Luftmatratze umdrehen und ist abgerutscht. Der Druck, der so entstanden war, ließ die Matratze davonschwappen. Die Kleine ist untergetaucht, bekam Wasser in Nase und Mund, tauchte auf, riss

Hilfe suchend die kleinen Ärmchen in die Höhe und schrie aus Leibeskräften. Das alles geschah in Sekunden. Vermutlich erschien ihr jetzt der rettende Weg zum Ufer unbezwingbar. Na, jedenfalls ist die Oma zu Tode erschrocken aufgesprungen, doch die Beine versagten ihr den Dienst. Noch ehe sie der Enkelin die helfende Hand reichen konnte, verlor sie das Bewusstsein. Jasmin war tot, noch ehe die Oma wieder zu sich kam. Sie starb im Alter von acht Jahren. Es war ein Schwächeanfall bei der alten Frau, nichts weiter. Durch die Hitze und die Aufregung hatte ihr Körper kurz ausgesetzt, einfach um wieder zu Kräften zu kommen. Nur für ein paar winzige Augenblicke. Es sollten die verhängnisvollsten ihres Lebens werden.

Sechs Wochen danach hat Jasmins Mutter die Familie verlassen. Niemand hat sie je mehr gesehen. Und weitere sechs Wochen später ist der Großvater gestorben. Nach dem Tod ihres Mannes hat die Frau Stemmerle ihren Sohn gebeten, sie fortzubringen. Raus aus dem Haus und weg vom See. Es war das Einzige und Letzte, was Mutter und Sohn seit dem Unfall miteinander gesprochen haben. Er hat sie ins Vogelnest gebracht, fuhr weg und kam nie wieder. Das ist jetzt fast zehn Jahre her, und da fragt man sich natürlich, warum so etwas passieren muss. Warum wird ein Mensch für einige Momente außer Gefecht gesetzt, und danach ist nix mehr, wie es war? Danach ist nichts mehr überhaupt etwas wert. Das Leben von fünf Personen ist nichts mehr wert. Keinen Pfifferling. Wo liegt da der Sinn? Na ja, Hannes, das mit dem Sinn, wozu und warum, muss ich dich ja wohl nicht fragen, mein Freund. Wir haben da ja selber unsere Sorgen, nicht wahr. Da ist so ein sauguter Tag, und man fährt mit der Maschine durch die Sonne, und von einem Moment zum anderen ist alles verändert. Kein Brummen der Motoren, kein Reifenquietschen. Und auch das Lachen ist verstummt. Stille bis zum Eintreffen der Sirenen. Alles, was man hören kann, ist das eigene Herz. Es trommelt und trommelt und pocht wie wild in den Schläfen. Und man weiß sofort, es ist nichts mehr, wie's war.

Jedenfalls ist die Frau Stemmerle letzte Nacht wieder aufgewacht und hat mich nach der Jasmin gefragt, eben wieder, ob sie im Zimmer ist. Und weil die Frau Stemmerle jedes Mal so traurig ist, wenn ich sage, nein, die Jasmin ist nicht im Zimmer, es ist überhaupt niemand im Zimmer außer uns zwei Hübschen, hab ich diesmal gesagt, dass die Jasmin im Zimmer ist. Und was soll ich dir sagen: Die Frau Stemmerle hat sich gefreut. Es war das allererste Mal überhaupt, seit ich sie kenne, dass sie gelächelt hat. Und dann hat sie mit der Jasmin gesprochen. Sie hat mich dann gebeten, weil sie doch so schlecht hört, dass ich ihr doch bitte sagen soll, was die Jasmin ihr geantwortet hat. Hey, Alter, da ist mir jetzt aber schon etwas komisch geworden. Was hab ich da nur angefangen? Und was überhaupt würde ein totes achtjähriges Mädchen der Großmutter antworten, wenn die fragt, wo sie jetzt ist und wie es ihr geht? Hab mich aber schließlich durchgerungen, hab ja selber mit dem Schmarrn angefangen. Hab ihr gesagt, dass es schön ist, wo sie jetzt ist, und so warm, und dass es ihr sehr gut geht. Die Frau Stemmerle ist dann mit einem Lächeln auf den Lippen eingeschlafen, und das hatte sie noch immer, als ich sie morgens geweckt hab.

Noch am selben Abend, grad als ich meine Nachtschicht

antrete und in mein weißes Kittelchen schlüpfe, steht die Walrika im Türrahmen und sagt, ich soll zur Frau Dr. Redlich kommen. Und zwar umgehend. Ich war bei der noch kaum zur Tür drin, da hat sie mich angekeift, was ich mir überhaupt einbilde. Wie ich dazu käme, der Stemmerle zu erzählen, ihre Enkelin wär im Zimmer und würde mit ihr reden. Meine Aufgabe hier wäre es, Milchtee zu verteilen und mein blödes Maul zu halten (so hat sie es natürlich nicht gesagt, aber der Sinn ist identisch). Und dass es einzig und allein ihre Scheißaufgabe ist, die Gäste psychologisch zu betreuen. Na, wenn ich mal bedenke, dass die Frau Stemmerle seit Jahren hier rumhockt und psychologisch betreut wird und es der Redlich in der ganzen Zeit nicht möglich ist, ein winziges Lächeln rauszuquetschen, dann ist doch der Erfolg der Betreuung zumindest infrage zu stellen, oder, Hannes? Egal. Vermutlich habe ich mit meiner Aktion keine Pluspunkte gesammelt, werde kein Fleißbildchen erhalten und kann froh sein, nicht in der Ecke stehen zu müssen.

Hab die Walrika noch darauf angesprochen (in der Raucherpause), und die hat dann gesagt, dass die Frau Stemmerle auf jedes »Guten Tag« oder »Ein schöner Tag heute, nicht wahr?«, immer geantwortet hätte: »Es gibt keine schönen Tage mehr, schon sehr lange nicht«, und das seit vielen, vielen Jahren. »Sie haben die Stemmerle zum Lachen gebracht, das soll die Redlich in Gottes Namen erst mal nachmachen!«, hat sie am Schluss noch gesagt.

Hab übrigens herausgefunden, dass die Walrika jeden Tag nur eine einzige Zigarette raucht, und das macht sie abhängig von meiner Schicht. Wenn ich Frühschicht habe, raucht sie mittags eine, wenn die Insassen ein Schläfchen machen. Hab ich Nachtschicht, holt sie mich kurz vor zehn, bevor sie sich zurückzieht, auf den Balkon raus. Irgendwie macht mich das schon stolz, dass sie gerne mit mir zusammen eine rauchen geht. So, das war nun meine Insassengeschichte, hab sie dir auch erzählt, du hast aber nicht reagiert.

Übrigens hab ich tatsächlich die Posaune ins Vogelnest mitgenommen. Für das Weckmanöver. Ich fürchte, das war irgendwie nicht richtig durchdacht von mir. Der Plan, die Insassen aus den Federn zu blasen, hat einwandfrei funktioniert. Klar, es war ja was Neues, und so viel Neues passiert hier eben nun mal nicht. Also sind alle brav und getrieben von einer unstillbaren Neugier aus den Zimmern gekommen, und das Frühstück konnte glatte zwanzig Minuten eher stattfinden. Leider kleben nun aber ständig irgendwelche Leute an meinen Ellbogen, die mich bitten, noch einmal zu spielen. Was wiederum eher nervt. Ich hoffe, das beruhigt sich wieder.

Ach ja, was ich unbedingt noch erzählen muss, ist, dass ich jetzt herausgefunden hab, warum die Psycho-Redlich so süßsäuerlich riecht. Hab nämlich letzte Nacht mal ihr Fach im Gemeinschaftsraum unter die Lupe genommen. Hab aber nix angefasst, ich schwör's. Ich hab nur ganz gezielt nach einem Parfümfläschchen oder Ähnlichem geschaut, und siehe da – bin fündig geworden. Nämlich befindet sich diese süßsäuerliche Substanz in einem rosa Flakon mit der Aufschrift »Wildrose – Jean Moragne«. Habe es nach nur einem einzigen Sprühversuch klar identifizieren können. Es riecht nicht aufdringlich, eher zurückhaltend, wie ein stiller Beobachter im

Eck, und deshalb wohl gerade unangenehm. Wildrose süßsauer, Wildrosenessig. Na, egal.

So, mein Freund, das war die Berichterstattung der letzten Tage, mehr ist nicht passiert. Wird auch langsam Zeit für mich, meine Runde zu drehen, und dann muss ich auch schon in die Küche, um das Frühstück vorzubereiten. Werde morgen vor dem Dienst bei dir vorbeischauen, bis dahin.

Freitag, 14.04.

Du, Hannes, du glaubst nicht, was heute Nachmittag passiert ist. Hab leider auch nur die Hälfte mitbekommen, war zu spät dran und habe wohl das Beste verpasst. Der Kalle und der Rick haben mir aber hinterher alles haarklein erzählt, und nun geb ich's eben an dich weiter. Es ist irre. Na, jedenfalls waren der Kalle und der Rick heute grad auf dem Weg zu dir und haben schon vom Krankenhausflur aus gesehen, dass deine Zimmertür weit aufsteht und ein ganzer Pulk von weißen Kitteln um dich rum steht. Die zwei haben natürlich gleich einen Riesenschrecken gekriegt, weil sie geglaubt haben, dass weiß Gott was passiert sei mit dir. Wie sich aber schnell herausstellte, hat sich der Dr. Schnauzbart nur mit einigen seiner Studenten um dein Bett versammelt, um deinen ja nicht gerade gewöhnlichen Fall zu präsentieren. Der Kalle und der Rick haben artig im Gang gewartet und natürlich penibel drauf geachtet, was der Schnauzbart mit seinen Lakaien da drinnen alles so durchhechelt.

Als sich der Konvoi schließlich aus deinem Zimmer bewegt hat, sagte einer der Studenten zu 'nem anderen: »Eigentlich ist der doch schon längst tot, nur stinkt er halt noch nicht.«

Das war ein böser Fehler! Der Rick hat seine Faust ausgefahren und hat sie mitten in die Fresse von diesem Arsch gedroschen. Der wiederum hat sich das natürlich nicht gefallen lassen. Nicht gefallen lassen können, schließlich waren ja Leute im Publikum, vor denen er sein Gesicht wahren muss. Und so entstand im Handumdrehen eine feine Rauferei, die mir leider entgangen ist. Ich bin erst dazugestoßen, als sich der Rick und der Kalle schon vor dem Krankenhauseingang befanden und der Kalle den Rick immer daran hindern musste, wieder hineinzugehen, weil der dachte, er sei noch nicht fertig mit dem Typen. Noch lange nicht. Der Kalle hat mir eben diese Vorfälle erzählt, und dass der Rick nun Hausverbot hätte. Und der Rick hat nur an den Nägeln gekaut.

Jetzt kam ich auf den Plan. Ich bin direkt ohne Umwege zum Büro vom Dr. Schnauzbart, hab die Tür aufgerissen und ihn schließlich dort angetroffen. Er war in einen Stapel Unterlagen vertieft und sah dann über seine fassungslose Lesebrille hinweg in mein Gesicht. Nach einem »Was erlauben Sie sich eigentlich …« seinerseits hab ich dann das Wort ergriffen. Habe ihn erst mal darauf hingewiesen, dass wir nicht schwul sind. Weder du noch ich. Keiner von uns beiden. Und was die blöde Frage von neulich eigentlich sollte. Außerdem ginge ihn das sowieso einen echten Scheißdreck an, ob wir schwul wären oder nicht. Habe keine Antwort abgewartet, sondern gleich weitergedonnert, was er für unsensible und unqualifizierte Trampel in seiner Crew hätte und dass ich, wenn ich mit solchen Leuten zusammenarbeiten müsste, das Kotzen kriegen würde. Und dass er lieber, bevor er versucht, diesen Idioten etwas beizubringen, mal daran arbeiten sollte, dich wieder ins Leben zurückzuholen. Das würde wenigstens Sinn machen. So ging das eine ganze Weile, und ich vermute, ich hab kein Schimpfwort ausgelassen. Abschließend hab ich ihm noch gesagt, er soll umgehend das Hausverbot für den Rick zurücknehmen, sonst würd ich ihm seine blöde Klinik abfackeln. Er hat die ganze Zeit nix gesagt. Ist nur hinter seinem riesigen Schreibtisch gesessen, hat über den Brillenrand geschaut, an seinem Bart gezwirbelt und mich toben lassen. Als mir schließlich nichts mehr einfiel, ist er aufgestanden, hat mich mit einer ganz ruhigen Armbewegung Richtung Tür gewiesen und gesagt: »Das Hausverbot für Ihren Freund bleibt bestehen. Ich bürge hier sowohl für meine Patienten als auch für meine Mitarbeiter, und ein Risiko, egal aus welchen Emotionen heraus, kann ich mir nicht leisten. Was Ihre freche Person angeht, werde ich ein Hausverbot noch überdenken, Sie haben sich eben benommen wie die Axt im Walde. Und jetzt entschuldigen Sie mich bitte, ich habe nun zu tun, den einen oder anderen ins Leben zurückzuholen.«

Und schon stand ich draußen. Bin dann noch kurz runter zu dem Kalle und dem Rick, um Bericht zu erstatten. Leider hab ich's nicht mehr zu dir geschafft, bin eh zu spät ins Vogelnest gekommen. Morgen komme ich bestimmt.

Ach ja, habe übrigens heute vor dem Krankenhauseingang die Walrika und den Florian (der Neue) getroffen. Gerade als wir den Rick davon abgehalten haben, wieder reinzugehen, kamen die beiden strammen Schrittes vom Parkplatz herauf und auf den Eingang zu. Die Walrika hat mir später auf dem

Balkon erzählt, die Großmutter des Jungen liege im Sterben. Na ja. Jedenfalls war ich jetzt noch bei der Frau Stemmerle (es ist wieder halb drei, sie hat offensichtlich eine innere Uhr). Wir haben eine Zeit lang mit Jasmin geplaudert, und ich habe der Psycho-Redlich in Gedanken einen Stinkefinger geschickt. Stinkefinger an Wildrosenessig!

Samstag, 22.04.

Hallo Hannes,
habe jetzt eine Woche nix geschrieben, war aber dafür außer Mittwoch jeden Tag bei dir. Bin auch einige Male dem Schnauzbart begegnet, der hat aber nichts mehr gesagt von wegen meinem Hausverbot. Der Rick aber traut sich nicht mehr rauf zu dir und steht dann ab und zu vorm Krankenhaus, kaut an seinen Nägeln und versucht, jemanden abzupassen, der ihm sagt, wie es dir geht. Hatte letzte Woche wieder Tagschicht, und irgendwie komm ich da zu gar nichts mehr. Bin dann schon in aller Herrgottsfrüh im Vogelnest und radele hinterher noch schnell zu dir ins Krankenhaus, les dir die wichtigsten Berichte aus der Zeitung vor (meistens Sport, aber auch ein bisschen Politisches, sollst ja nicht verblöden), oder ich erzähl dir was aus meinem Leben. Es ist sowieso egal, weil du eh nicht reagierst.

Wie gesagt, daheim komm ich zu gar nichts im Moment, weil ich abends auch ziemlich platt bin. Schieb mir bloß noch schnell 'ne Pizza oder so was in den Ofen, schalte den Fernseher ein und schlaf meistens beim ersten Krimi ein. In meiner Bude sieht's aus wie bei Schweins hinterm Haus, und heute werd ich dem Elend ein Ende bereiten und den Wischmob schwingen. Zuerst aber schreib ich auf, was es Neues gibt, damit nichts in Vergessenheit gerät.

Neu zum Beispiel ist, dass die Frau Dr. Redlich nun im Vogelnest nächtigt. Genau gesagt, in ihrem Praxiszimmer. Da hat sie sich ein Notbett aufgestellt, und dort schläft sie nun. Vorübergehend, wie sie sagt. Weil sie sich von ihrem Lebensabschnittsgefährten getrennt hat. Weil sie mit dem jahrelang an irgendwelchen Gemeinsamkeiten gearbeitet hat und nun rausfinden musste, dass es keine gibt. Und nun will sie erst mal eine passende Wohnung finden, schließlich kann ja eine Frau Dr. Psycho-Redlich nicht in jeder x-beliebigen Behausung residieren. Na ja. Jedenfalls hab ich zu ihr gesagt, jetzt, wo sie eh da ist, bräuchte ich ja keine Nachtschichten mehr zu machen (obwohl mir die viel lieber sind). Hab das auch nur so zum Spaß gesagt, um zu sehen, wie sie reagiert. Und prompt: »Nein, mein lieber Vorholzner«, hat sie gesagt, »ich werde hier nicht bezahlt, um Händchen zu tätscheln, alberne Gutenachtgeschichten zu erzählen, Bettpfannen auszuleeren oder imaginäre Gespräche mit Verstorbenen zu führen. Das überlass ich großzügig Ihren ach so talentierten Händen«, sprach's, warf ihr güldenes Haar zurück und verschwand mit wehenden Kleidern.

Hab übrigens der Frau Stemmerle gesagt, sie soll von den Gesprächen mit der Jasmin bloß niemandem mehr erzählen. Hab gesagt, wenn die erst wissen, dass die Jasmin nun auch hier wohnt, muss die womöglich noch für die Unterkunft bezahlen, und das wollen wir doch alle nicht. Lieber Gott, wie soll das enden? Na ja. Jedenfalls hat die Frau Stemmerle seither kein Sterbenswörtchen mehr über die nächtlichen Besuche von der Jasmin fallen lassen. Da ist sie zuverlässig.

Am Mittwochnachmittag hatte ich dann die ehrenvolle Aufgabe, den Florian zur Beerdigung seiner Großmutter zu begleiten. Es waren unglaublich viele Menschen auf dem Friedhof, und viele von ihnen haben Florian die Hand geschüttelt, oder sie haben ihm auf die Schulter geklopft. Anschließend hab ich vorgeschlagen, irgendwo noch 'nen Kaffee zu trinken, in der Hoffnung, der Junge würde mal Muh oder Mäh sagen. Fehlanzeige. Er ist nur dagesessen, rührte unmotiviert in seiner Tasse und gab nicht eine einzige Antwort auf meine Fragen. Vielleicht war ich auch zu ungestüm oder zu aufdringlich, vermutlich hab ich die gleichen dämlichen Fragen gestellt, die er schon der Redlich nicht beantwortet hatte, wer weiß. Jedenfalls hat er mich irgendwann angebrüllt: »Das alles geht dich einen Scheißdreck an, verstanden? Lasst mich endlich zufrieden mit eurer neugierigen und einfältigen Fragerei! Ihr kapiert es ja eh nicht! Und jetzt fahr mich heim, ich will zurück ins Vogelnest!«

Aber eins hat mich dabei dann doch gefreut: Er hat gesagt, er will heim, nicht ins Heim! Und als sein Heim hat er das Vogelnest genannt. Er hat das Heim für »psychisch instabile Personen« beim Namen genannt, beim inoffiziellen Namen, den es von mir erhalten hat. Das heißt vielleicht, er fühlt sich wohl dort. Das hat mich beruhigt. Ich habe ihn dann auch gleich heimgebracht.

Sonntag, 23.04.

Leider bin ich nicht sehr weit gekommen gestern. Weder mit dem Schreiben noch mit dem Putzen. Unglücklicherweise ist irgendwann der Kalle draußen gestanden und hat Steinchen an mein Fenster geworfen (hatte die Klingel abgestellt, um in Ruhe schreiben und putzen zu können. Du siehst, der gute Wille war schon da.). Jedenfalls war das Wetter gestern ganz großartig, und der Kalle hat vorgeschlagen, mal mit den Maschinen ein wenig rauszufahren. Seit deinem Unfall, Hannes, steht das Teil unberührt in der Garage, und ich hatte keinerlei Absicht, daran etwas zu ändern. Der Kalle hat gesagt, dass er dringend mal rausmuss, und außerdem wird der Hannes nicht schneller gesund, nur weil das Motorrad nun in der Garage verstaubt. Na ja. Und nach einigem Hin und Her sind wir schließlich losgefahren. Wir sind über Regensburg Richtung München und dann rein zum Chiemsee. Eine Aussicht wie auf 'ner Ansichtskarte, vorbei an allen Autostaus und zum Abschluss Forelle vom Grill. Nicht zu übertreffen, Hannes. Aber du kennst das ja. Du warst dabei, in jeder Minute des Tages, glaub mir, zumindest bis zu diesem Zeitpunkt.

Als wir nämlich am späten Nachmittag gen Heimat wollten, hat die Maschine vom Kalle plötzlich keinen Mucks mehr getan. Wir haben wirklich alles probiert, und der Motor lag in sämtlichen Einzelteilen auf dem Parkplatz, aber nix. Kein einziger Ton von dieser Scheißmaschine. Der Kalle hat geflucht wie ein Bierkutscher und hat etliche Male gegen die Reifen getreten, aber nix, kein Mucks. Irgendwann haben wir eine Tankstelle gefunden. Die konnten uns aber nur insoweit helfen, als sie uns gesagt haben, das nächste Motorradgeschäft mit Reparaturannahme wäre acht Kilometer weit entfernt, die alte Landstraße entlang. Ich wollte natürlich Kalles Maschine stehen lassen und zu zweit auf meiner hinfahren. Aber irgendwie hat der Kalle dann die Übersicht verloren und hat drauf bestanden, die Scheißkarre höchstpersönlich dorthin zu schieben. Das hat er auch gemacht. Zuerst bin ich eine Zeit lang neben ihm hergefahren, hab ihn ein paarmal umkreist, bis er ausgeflippt ist und geschrien hat, ich soll mich endlich verpissen. Bin daraufhin mal zu diesem Motorradgeschäft vorausgefahren und habe nachgefragt, ob die uns helfen können. Und wenn ja, wie lang das dauert. Die freundliche Dame dort hat gesagt, dass das frühestens am Donnerstag gemacht werden kann, vorausgesetzt, sie müssen keine Ersatzteile bestellen, weil ihr Mann gerade an den Hämorrhoiden operiert wurde und erst am Mittwoch entlassen wird. Sie hat das ein wenig ausschweifend erzählt und war gerade erst zum Ende gekommen, als der Kalle endlich schnaufend und mit feuerroter Birne bei uns eintraf. Ich hab ihm alles so erzählt und vorgeschlagen, sein Motorrad hier stehen zu lassen und gemeinsam mit meinem nach Hause zu fahren. Das wollte er aber auf gar keinen Fall. Na ja.

Das Ende vom Lied war, dass wir den Brenninger angerufen haben, und der ist schließlich zweieinhalb Stunden später fluchend bei uns angekommen. Mit dem Familienjuwel der Brenningers, dem Transporter mit der Aufschrift: »Partyservice Brenninger. Exquisite Feinkost«. Danach haben wir die Scheißmaschine noch in ungefähr dreihundert Meter Frischhaltefolie wickeln müssen, damit ja kein Dreck auf die silbernen Tabletts und Servierwagen kommt. So stand sie am Ende zwischen all den edlen Rollwägen und Papierspitzendecken in Folie eingewickelt und rollte nach Hause. Der Brenninger hat ständig geflucht und gefragt, wann wir endlich die Schnauze voll hätten von diesen blöden Kisten, hat der Kalle erzählt. Und der Brenninger hat gesagt, der Kalle hätte nur aus dem Seitenfenster geschaut und vermutlich hat er geweint. Und ich bin mit meiner Zündapp heimgefahren und hätte stattdessen gerne meine Bude geputzt und dir etwas geschrieben, mein Freund.

Donnerstag, 27.04.

Lieber Hannes,
ich wünsch dir zu deinem heutigen zweiundzwanzigsten Geburtstag, wie noch an keinem anderen deiner Geburtstage davor, alles Gute. Ich will, dass es wieder aufwärtsgeht. Dass du endlich auf irgendetwas reagieren wirst. Und dass du wieder ein lebendiger Teil von meinem Leben bist, verdammt. Und ich hoffe inständig, wir können an deinem dreiundzwanzigsten Geburtstag wieder mächtig auf die Pauke hauen, Alter.

Musste vorhin unter der Dusche an deinen Achtzehnten denken. Der war richtig gut, so das erste Mal im Leben totale Freiheit, weißt du das noch, Hannes? Wir haben alle zusammengelegt (natürlich haben deine Eltern den Großteil berappt) und dir diese Spanienreise geschenkt. Damals war noch der Michel dabei, ehe er mit Sack und Pack und wehenden Fahnen nach Neuseeland ausgewandert ist. Es war das allererste Mal, dass wir sechs so ganz auf uns selber gestellt waren und so weit weg von zu Hause. Dieses Gefühl werd ich niemals vergessen. Alles war auf einmal erlaubt, und wir konnten den ganzen lieben langen Tag tun und lassen, wonach uns grad war. Haben wir ja auch getan, so jeder auf seine Weise, nicht wahr, Hannes? Während wir anderen der Reihe nach die Rothäute vernascht haben (so haben wir die englischen Touristinnen genannt, weißt du das noch?), hast du dich mit 'nem spanischen Straßenköter angefreundet. Du hast das Vieh regelrecht angefüttert, und schließlich ist er dir nicht mehr von der Seite gewichen. Das ist sogar so weit gegangen, dass du das blöde Vieh mit auf unser Zimmer nehmen wolltest. Ich hab gedacht, ich seh nicht richtig, als du damit angekommen bist. Hab dir dann klar und unmissverständlich erklärt, dass das Vieh nicht in unser gemeinsames Zimmer kommt, auf gar keinen Fall. Und schon erst recht nicht, wo es unübersehbar Flöhe hat (du vermutlich auch, hattest seinerzeit überall Einstichstellen, und das waren definitiv keine Mücken, egal, wie oft du das behauptet hast). Du bist dann saugrantig mit deinem neuen Kameraden abgezogen und hast tatsächlich unten am Strand gepennt. Und du bist von Pontius zu Pilatus gerannt, um dich zu informieren, was zu tun ist, um das blöde Vieh mit nach Deutschland nehmen zu können. Schließlich und endlich war der Köter aber wohl doch bedeutend vernünftiger als du. Er kam schon am vorletzten Abend nicht mehr, wollte euch wohl den Abschiedsschmerz ersparen. Oder er hat einen neuen Aufriss gemacht, vielleicht einen noch lukrativeren, wer weiß. Jedenfalls bist du die vorletzte Nacht durch die Gassen gerannt und hast das blöde Vieh gesucht. Und am letzten Abend hast du dich volllaufen lassen und auf dem Rückflug ich weiß nicht wie viele Tüten vollgekotzt. Ja, Hannes, den Urlaub werd ich nie vergessen. Zu deiner Ehrenrettung sei gesagt, dass du dich in den Folgeurlauben ferngehalten hast von jeglicher Tierwelt. Die Enttäuschung war wohl zu groß.

Nun, und heute ist es wieder mal so weit. Werde mich nun fertig machen und dich im Krankenhaus besuchen. Werde dir in der Nachtschicht schreiben, wie wir gefeiert haben. Bis dahin.

Freitag, 28.04., ein Uhr dreißig

Ja, Hannes, wir haben deinen Geburtstag gefeiert. Wir waren vollzählig, glaub ich, zumindest ist mir persönlich niemand abgegangen. Als ich kam, war die Nele schon da und hat auf deiner Bettkante gesessen und deine Hand gestreichelt. Kurz darauf kam der Kalle und ein wenig später sind deine Eltern mit dem Rick erschienen. Deine Mutter hatte ihn untergehakt und ist hocherhobenen Hauptes und mit einer Kämpfermiene schnurstracks durch den Korridor gestampft, wild entschlossen, alle etwaigen Hindernisse restlos aus dem Weg zu räumen, koste es, was es wolle. Im Laufe des Nachmittags ist dann noch der eine oder andere gekommen, dessen Erwähnung hier nicht wert ist. Trotzdem hat es mich schon sehr gefreut, wie viele an dich denken, Hannes. Na ja.

Jedenfalls sind wir dann so eine Weile gesessen und haben deiner Mutter zugehört, die verkündet hat, dass sich jetzt einiges ändern wird. Sie hat nämlich in einer ihrer Frauenzeitschriften einen Bericht von einem Herrn Professor (schlag mich tot, ich hab den Namen vergessen) über Komapatienten gelesen. Und der sagt, die Stimmung, die man im Krankenzimmer verbreitet, schlägt sich unwillkürlich auf den Patienten nieder. Und dieser saugt praktisch die Stimmung auf, und die spiegelt sich daraufhin eins zu eins in seinem Krankheitsbild wieder. Was heißt, wenn man da auf der Bettkante hockt und flennt, geht's dem Patienten entsprechend schlecht. Wenn man aber fröhliche Dinge erzählt und etwa gar ein Lied singt, geht's dem Patienten unwillkürlich besser, bis hin zur vollständigen Genesung. Genau so hat sie's erzählt, deine Mutter. Wir haben dann ›Happy Birthday‹ gesungen. Wie auf Kommando geht die Tür auf und der Brenninger erscheint und hat die positive Stimmung noch wahnsinnig gesteigert. Er hat nämlich Häppchen gebracht und bunte Papphütchen, die er gleich verteilte. Er hatte auch Sekt dabei, und so haben wir auf dich angestoßen mit unseren Hütchen auf dem Kopf. Es hat aber niemand so richtig was rausgekriegt aus dem Glas und so hat dein Vater im Laufe des Nachmittags das eine oder andere Gläschen geleert. Und irgendwann hat er sich auf deine Brust geschmissen und gewinselt: »Mein Sohn …! Mein Sohn …!« Deine Mutter hat ihn am Ärmel hochgezogen und gesagt, er soll sich jetzt mal zusammenreißen und dran denken, was der Professor Schlag-mich-tot gesagt hat. Aber er hat sie angebrüllt, sie soll ihm mit diesem blöden Quacksalber um Gottes willen seine gottverdammte Ruhe lassen. Danach sind sie weg. Mit dem Rick im Schlepptau.

Der Brenninger hat anschließend all seine Silberplatten penibel gestapelt und die Sektgläser eingesammelt. Dann ist auch er weg mitsamt dem Kalle. Geblieben sind die Nele und ich, und wir haben eine Zeit lang gar nix gesagt. Saßen da nur mit den dämlichen Papphüten auf dem Kopf. Sie ist auf deiner Bettkante gesessen und hat deine Hand gestreichelt. Und ich war auf dem Fensterbrett und habe hinausgeschaut. Hab die alte Kastanie angeschaut, die man durch dein Zimmerfenster sieht und die gerade in roter Blüte steht. Auf einmal hat die Nele gesagt: »Warum hab ich eigentlich immer das Gefühl, dass ich euch störe, wenn wir hier zusammen sind, Uli?«

Ich hab gleich gar nicht gewusst, was ich sagen soll, und hab es auch gelassen. Nach einer Weile ist sie aufgestanden und zu mir ans Fenster gekommen.

»Lass es gut sein«, hat sie noch gesagt, hat ihr Papphütchen abgenommen und ist gegangen.

Ja, und später im Vogelnest bei der Schichtübergabe hat mich meine Kollegin angesprochen (die mit mir im Wechsel arbeitet), ob ich vielleicht mal eine Zeit lang die Nachtschicht übernehmen könnte für sie. Nur für ein paar Wochen oder so. Erst hat sie ein bisschen rumgedruckst, ist aber nach und nach schon rausgerückt mit der Sprache. Und hat erzählt, sie hätte jetzt jemanden kennengelernt und da ist die Nachtschicht halt scheiße. Nachts wär sie gern verfügbar, hat sie gesagt (wofür auch immer). Ich hab zuerst mal ausgiebig gezögert, wollte es ihr nicht so einfach machen, und ein bisschen Dankbarkeit tut ja bekanntlich immer gut. Es ist nie verkehrt, wenn dir jemand noch einen Gefallen schuldig ist. Schließlich hab ich gesagt, na gut, ich mach's für ein paar Wochen, und sie ist mir um den Hals gefallen. Siehst du. Na, und so werde ich nun vorläufig nur noch nachts im Vogelnest sein, was mich sehr freut und vermutlich auch die Frau Stemmerle.

Draußen auf dem Balkon hat mir die Walrika dann erzählt, dass die eben erwähnte Kollegin ständig irgendjemanden kennenlernt. An dem klebt sie eine Weile wie ein Hefeteig, bis der keine Luft mehr kriegt und sich aus dem Staub macht. So geht das immer. Vielleicht sollte sie einfach mal nicht so verfügbar sein, die Gute. Na, egal. Es ist jetzt kurz nach zwei, und ich muss meine Runde drehen. Weiß noch nicht, ob ich's morgen zu dir schaffe, Hannes, muss nun echt mal meine Bude putzen. Mal sehen.

Sonntag, 30.04.

So, da bin ich wieder. Habe gestern den ganzen Nachmittag tatsächlich geputzt und aufgeräumt. Habe Gegenstände gefunden, die ich lange vermisst hab, deren Suche ich aber die Kapitulation vorzog. Nun bin ich etwa wieder stolzer Besitzer eines Dosenöffners und muss die Dosen nicht mehr mühselig mit dem Brotmesser öffnen. Was auch bedeutet, ich muss nicht pausenlos jemandem erklären, warum meine linke Hand denn schon wieder eingebunden ist. Das ist sehr vorteilhaft, ganz abgesehen von den Schmerzen, die ich mir somit erspare. Auch die Fernbedienung ist wieder aufgetaucht, was mir natürlich viele kleine Wege abnimmt. Ich könnte das hier ewig so weiterführen, möchte dich aber ungern langweilen, mein Freund.

Am Abend sind wir dann nach Regensburg auf die Dult gefahren. Der Rick, der Brenninger und ich. Der Kalle ist natürlich nicht mit, wie jedes Jahr. Weil er es immer noch nicht überwunden hat, dass seine Mutter damals mit einem Schausteller durchgebrannt ist. In einer Nacht- und Nebelaktion, weißt du das noch, Hannes? Erst hat sie gebrannte Mandeln verkauft, um die Familienkasse etwas aufzupolieren, und schließlich war sie einfach weg. Mit irgend so 'nem Schaubudentypen. Hat Mann und Kind und Haus verlassen und war weg. Der Kalle hat damals ganz schön zu beißen gehabt. Nicht nur, dass seine Mutter weg war und der Vater am Ende, nein, er musste sich auch noch diese saublöden Kommentare anhören. Von den Jungen wie den Alten, jeder hatte das Bedürfnis, seinen Senf dazugeben zu müssen. Das war 'ne harte Zeit für den Kalle. Aber eigentlich war es auch die Zeit, wo er bei uns so reingewachsen ist, nicht wahr. Im Grunde warst du es, der ihn damals ab und zu mitgeschleppt hat. Das allererste Mal, das weiß ich noch wie heute, hast du ihn zum Fußballspielen mitgebracht. Du bist mit ihm auf den Platz gekommen und hast gesagt: »Der Kalle spielt mit heute. Und ein blödes Wort von euch und hier staubt's. Kapiert?« Der Kalle hat dann mitgespielt und keiner von uns hat ein blödes Wort verloren. Das war dein Verdienst, Hannes. Hinterher hat sich herausgestellt, dass der Kalle sowieso der beste Spieler am Platz war, die meisten Tore schoss, und es hat nicht lang gedauert, dann haben sie ihn abgeworben. Egal. Aber den Anfang hast du gemacht, mein Freund.

Na, jedenfalls war der Kalle eben heute naturgemäß nicht dabei, er hat uns aber mit dem Auto hingefahren. Wir haben Steckerlfisch und Brezen gegessen und ein paar Bier getrunken. Dir haben wir auch eins bestellt, das stand wie ein Mahnmal in der Mitte des Tisches. Wir haben einige Bekannte getroffen, und fast jeder hat sich nach dir erkundigt. Wir haben die leidige Geschichte deines Unfalls x-mal erzählt, und das hat uns nicht wirklich fröhlich gestimmt. Als schließlich alle auf den Bänken standen und ›Ein Bett im Kornfeld‹ gegrölt haben, starrten wir nur auf das volle Bierglas in unserer Mitte und sind dann mit hängenden Köpfen und mieser Laune aus dem Bierzelt verschwunden. Du hast uns den Abend versaut, herzlichen Dank!

Wir haben den Kalle angerufen, und der hat uns wieder abgeholt. Natürlich hat er uns nach seiner Mutter gefragt. Wie jedes Jahr: »Habt ihr sie gesehen?«, hat er gefragt. Und wir haben wie jedes Jahr »Nein!« gesagt. Ganz abgesehen davon, dass wir keinen blassen Schimmer haben, wie seine Mutter überhaupt ausgesehen hat, würde ihm keiner von uns sagen, wenn er sie gesehen hätte. Wozu alte Wunden aufreißen? Die drei anderen sind dann noch ins Sullivan's, ich nicht, es ging einfach kein Bier mehr rein.

Heute nach dem Frühstück haben meine Eltern aus Spanien angerufen und nach einigem Blabla hab ich meinem Vater erzählt, dass ich die alte Posaune vom Speicher geholt hab und natürlich die Geschichte mit dem Morgenappell im Vogelnest. Und der hat sich so gefreut, das kannst du dir gar nicht vorstellen, Hannes. Besonders gefreut hat ihn, dass er mich dadrauf gebracht hat. Ich soll da unbedingt am Ball bleiben, hat er gesagt. Immer am Ball bleiben, Junge, und, wer musiziert, ist immer auf der Siegerstraße, und, dass böse Menschen keine Lieder haben, hat er gesagt. Er will nun gleich heute noch schauen, ob er in diesem Kaff, in dem sie da leben, ein Musikgeschäft findet, und dann will er mir Noten schicken. Wenn nicht, fährt er morgen in die Stadt, da findet er garantiert was. Na klar, wo in Spanien Unmengen von Posaunisten leben, dürfte das kein Problem sein. Ich hätte die Geschichte lieber für mich behalten sollen. Ich fürchte, ich habe ihm nun offensichtlich endlich ein Amt gegeben in seinem Altersruhesitz, eine Aufgabe, die er mit ganzer Leidenschaft erfüllen wird.

Ach ja, und der Carlos ist zum Glück wieder völlig gesund. (Who the fuck is Carlos?) Ich soll dich natürlich ganz lieb von ihnen grüßen und dir alles Gute wünschen, was ich dann morgen tun werde, heute schaff ich's einfach nicht. Werde den Tag heute im Bett verbringen und die wiedergewonnene Freiheit in Form einer Fernbedienung dadurch feiern, dass ich die Kanäle rauf- und runterjage. Ja, das werd ich tun. Bis morgen, Hannes.

Dienstag, 02.05.

Hab jetzt also wieder Nachtschicht (wie berichtet) und stoße deswegen unvermeidbar ständig auf die Psycho-Redlich. Weil sie sich ja von ihrem Lebensabschnittsgefährten getrennt hat und es drum vorzieht, im Vogelnest zu nächtigen. Das irritiert mich kolossal. Wenn ich zum Beispiel in der Küche sitze und an dich schreibe, kommt sie und schaut mir frech über die Schulter. Außerdem mag sie es nicht, dass ich um kurz vor zehn mit der Walrika auf den Balkon verschwinde, und sie mag es auch nicht, dass ich nachts so lange bei der Frau Stemmerle bin. Sie weiß überhaupt alles, was ich tue in meinen Schichten, und nörgelt ständig daran herum. Wann schläft die Alte überhaupt?

Na, jedenfalls hab ich gestern mit der Walrika auf dem Balkon gestanden, und die hat mich gebeten, mir ein paar Gedanken über die Gestaltung des bevorstehenden Sommerfestes zu machen. Ich hab die Aufgabe gern übernommen, das verkürzt mir die Nacht ungemein, und überhaupt kann ich der Walrika sowieso keine Bitte abschlagen. Werde mich nun also diesen Gedanken widmen und melde mich morgen wieder. Übrigens war ich vor der Arbeit noch bei dir und hab dir von den letzten Tagen erzählt. Du hast darauf naturgemäß nicht reagiert.

Donnerstag, 04.05.

Schreibe vom Vogelnest aus. Nachdem die Küche und die Insassen aufgeräumt waren und die Walrika im Bett lag, hab ich mich erneut der Gestaltung des Sommerfestes gewidmet. Also hab ich mich mit 'nem Block an den Küchentisch gesetzt und mir ein paar Notizen gemacht. Wie nicht anders zu erwarten, ist dann die Redlich gekommen und hat mich gefragt, was ich da grad tu. Ich mach's kurz: Zu Anfang war ich ja noch richtig genervt. Nachdem ich's ihr aber erklärt hab, ist eine erstaunliche Veränderung eingetreten.

Die Redlich war begeistert und hat mich gefragt, ob sie da mitmachen kann. Wir sind ziemlich lange gesessen und hatten ein paar richtig gute Ideen gemeinsam. Irgendwann hat sie eine Schere geholt und Papier und Kleber und hat ein paar Tischdekorationen gemacht, die wir im Vorfeld gemeinsam mit den Insassen basteln könnten. Damit die Tische eben gut aussehen auf dem Fest. Davor hat sie ihre langen roten Haare hochgesteckt, damit die keinen Kleber abkriegen. Sie hat mich gebeten, hinter sie zu treten, um ihr bei den Handgriffen zuzusehen, damit ich sie eben auch beherrsche. Was ich auch getan hab. Sie hat da im Nacken so einen ganz feinen rötlichen Flaum, das ist der Wahnsinn, Hannes. Da könntest du glatt verrückt werden, so scharf sieht das aus. Leider hatte sie wieder Wildrosenessig verwendet, was alle Erotik im Keim erstickt hat. Schade eigentlich.

Na, jedenfalls sind wir gesessen und haben Tischdekorationen ausprobiert, und ich danke Gott dem Herrn, dass mich keiner von euch dabei gesehen hat. Am Ende hab ich dann noch irgendwie gesagt, dass es doch ganz nett war heute und dass es eigentlich viel besser läuft, wenn man sich nicht immer ankeift. Und sie hat gesagt, man sollte aber trotzdem sagen, was einen stört, sonst frisst man alles nur in sich rein. Hab ihr dann gesagt, dass mich ihr Parfüm stört. So, jetzt muss ich aber los, meine Runde drehen, und vermutlich warten ja die Frau Stemmerle und die Jasmin längst schon sehnsüchtig auf mich. Bis dann, mein Freund.

Samstag, 06.05.

War heute lange bei dir und hab dir ein paar Episoden aus meinem Brief vorgelesen. Der Schnauzbart hat mal seinen Kopf reingestreckt und gefragt, ob alles in Ordnung ist. Was fragt er mich das? Schließlich ist er der Arzt und sollte daher am besten wissen, dass es so, wie es ist, eben nicht in Ordnung ist. Egal.

Wir waren den ganzen Nachmittag allein, erst gegen Abend sind deine Eltern gekommen. Habe mich darauf auch gleich aus dem Staub gemacht. Komisch, Hannes, ich glaub, die Nele hat schon recht, wenn sie das Gefühl hat, dass sie uns stört. Es ist schon am schönsten, wenn wir beide allein sind. Du strahlst eine unheimliche Ruhe aus. Ich weiß natürlich, dass das für dich nicht so toll ist, und ich hätt's auch lieber anders, aber wenn ich bei dir bin, komm ich irgendwie runter von der ganzen Hektik, verstehst du? Ich sitz dann auf der Bettkante und erzähl aus meinem Leben. Oder ich les dir was vor. Ab und zu geh ich zum Fenster und schau hinaus. Ich kann deine Hand halten oder auf die Decke plumpsen lassen. Und ich könnte in deinen Augenspalt schauen, wenn ich wollte. Will ich aber nicht. Jedenfalls ist es schön bei dir. Na ja.

Gestern haben wir der Walrika unser Programm fürs Sommerfest präsentiert, die Redlich und ich, und was soll ich dir sagen – sie war begeistert. Wir sollen das nun genau so umsetzen, wie wir es aufgeschrieben haben, und die Leute einteilen, wie wir sie brauchen. Das haben wir auch getan. Und nun muss die Frau Stemmerle Tischdekorationen basteln, und stell dir vor, sie lächelt dabei. Und der Florian wurde zur Gartenarbeit eingeteilt, denn der Garten soll ja bei dem Fest auch 'ne gute Figur abgeben. Zuerst hat er zwar gemault, der Florian. Als wir ihn aber vor die Wahl stellten: im Garten arbeiten und schweigen oder basteln und reden, waren die Würfel schnell gefallen. Und nun steht er draußen im Garten in grünen Latzhosen, und die passen ausgezeichnet zu seinen roten Wangen. Es ist perfekt. Sonst gibt es eigentlich nichts Neues, werde morgen ausschlafen, frühstücken und mich keine Handbreit von meiner Couch entfernen.

Ach ja, die Redlich hat ihr Parfüm gewechselt. Yes!

Donnerstag, 11.05.

Habe nun lange nichts geschrieben und werde mich auch jetzt nicht mit dem zäh fließenden Alltag aufhalten, sondern komme gleich zum Wesentlichen. Höchstwahrscheinlich hast du es lange schon vor mir gewusst, mein Freund, nicht wahr? Vom allerersten Tag an, an dem ich dir von ihr berichtet hab, denk ich mal. Hast es wohl wieder auf ein kleines Zettelchen geschrieben, Hannes, oder? Diese kleinen Zettel, die wir immer geschrieben haben, sobald wir ein neues Mädchen kennengelernt haben, wo jeder von uns beiden seine Prognose für den anderen draufschrieb, viele, viele Male, stimmt doch, Hannes. Sobald wir ein neues Mädchen kennengelernt hatten, wurden die Prognosen für die jeweilige Chance des anderen abgegeben, ob mit der was laufen könnte oder nicht. Bei der Vermutung, da könnte was gehen, schrieben wir »Bingo!« drauf, wenn nicht, dann »Vergiss es!«. Und deine Trefferquote war überwältigend. Du hattest bei all meinen Bingos recht und hast dich auch bei meinen Niederlagen kaum erwähnenswert verschätzt. Wenn die Sache dann eindeutig war, haben wir die kleinen zusammengerollten Zettelchen auseinandergerollt, um zu sehen, was der andere getippt hatte. Es hat irre Spaß gemacht.

Ich habe dir nun fast eine Woche nicht geschrieben, war aber am Dienstag vor der Arbeit bei dir. Und da hab ich dir schon erzählt, was passiert war, und ich hatte wieder einmal das untrügliche Gefühl, du hättest gegrinst. Genau da ist mir die Geschichte mit den Zetteln wieder eingefallen, weil du eben genauso gegrinst hast wie damals immer, wenn du richtig gelegen hattest mit deiner Notiz. Genau so hast du am Dienstag gegrinst, ich schwör's. Na ja. Jedenfalls werde ich es nun auch noch aufschreiben, und obwohl ich es schreibe, kann ich es selber immer noch nicht fassen. Weil es einfach so unvorhersehbar war wie sonst nix in meinem Leben, Hannes. Aber es ist wahr.

Ich hatte am Montag, dem achten Mai, den besten Sex meines Lebens. Und zwar mit der Frau Dr. Redlich. Und zwar im Vogelnest! So, jetzt isses raus. Wir sind uns kurz vor Mitternacht rein zufällig im Korridor begegnet, an der engen Stelle vor unserem Gemeinschaftsraum. Haben uns irgendwie aneinander vorbeigequetscht und sind im Halbdunkel so urplötzlich übereinander hergefallen, als gäb's kein Morgen mehr. Irgendwie haben wir es noch in ihr Zimmer geschafft und hatten dann überirdischen, magischen Sex, der alles bisher Dagewesene völlig vernichtet hat. Sie ist die Königin der Lust, und ich bin ihr womöglich verfallen bis ans bittere Ende meiner Tage. Du kannst dir vermutlich vorstellen, dass es in den nächsten Nachtschichten ähnlich abging und ich darum auch erst heute zum Schreiben komme.

Heute ist sie nämlich nicht da, die Frau Dr. Redlich (sie heißt übrigens Iris). Na, jedenfalls hat die Walrika im Zimmer der Redlich Iris einen Tobsuchtsanfall gehabt, der sich gewaschen hatte. Leider hab ich nichts mitgekriegt, weil die Tür von innen gepolstert ist. Hab nur gehört, als die Walrika aus dem Zimmer kam, wie die Redlich Iris gesagt hat: »... das werden wir dann schon sehen, Schwester Walrika«, und die Walrika geantwortet hat: »Ja, in Gottes Namen, das werden wir, Frau Dr. Redlich!« Die Redlich Iris ist dann mit ihrem Auto los und hat beim Wegfahren ordentlich die Reifen strapaziert.

Später auf dem Balkon hat die Walrika zu mir gesagt: »In Ihrer Freizeit, Uli, können Sie treiben, was immer Sie wollen. Hier im Vogelnest hat eine billige Affäre nichts verloren, verstehen Sie, rein gar nichts. Und bringen Sie mich in Gottes Namen mit solchen Scheußlichkeiten nicht dazu, den Respekt vor Ihnen zu verlieren und die Vertrautheit, die ich durchaus für Sie empfinde. Ganz abgesehen davon, dass die Redlich gute zehn Jahre zu alt ist für Sie«, sprach's, drückte ihre Zigarette aus und ließ mich auf diesem dämlichen Balkon stehen wie einen Narren, ohne mir überhaupt die Gelegenheit einer Antwort zu geben. Aber was hätt ich ihr auch sagen sollen: »Sorry, wir haben doch nur ein bisschen gepimpert«? Nein, das geht gar nicht. Sie hat übrigens mit keinem Wort erwähnt, woher sie weiß, was sie weiß. Ja, Hannes, du siehst, kaum kommt 'ne Frau ins Spiel, beginnen die Probleme. Melde mich morgen wieder.

Freitag, 12.05.

Du, Hannes, das mit deinem Gegrinse neulich, als ich dir die Geschichte erzählt hab, ist mir nicht mehr aus dem Kopf gegangen. Ich hab dann den Brenninger gefragt, ob er glaubt, dass das möglich ist. Dass du eben in manchen Situationen grinsen würdest. Er hat gesagt, dass ich spinne und langsam mal aufpassen soll, nicht, dass ich noch durchdreh. Wär ja schade, wenn ich als Insasse im Vogelnest endete, hat er gesagt.

Hab danach deine Mutter gefragt, und die hat gesagt, natürlich würdest du grinsen. Sie hätte das schon ganz oft gesehen, und dass es immer wieder Situationen gibt, in denen du ganz doll grinst. Na ja.

Irgendwann hab ich's nicht mehr ausgehalten und hab beim Dr. Schnauzbart an die Tür geklopft. Er hat mich tatsächlich eintreten lassen und sich meine Frage angehört. Er ist hinter seinem riesigen Schreibtisch gesessen, hat an seinem Bart gezwirbelt, über die Brille geguckt und mir in aller Ruhe zugehört. Dann ist er aufgestanden, ans Fenster getreten, hat hinausgesehen und die Arme im Rücken verschränkt. Nach einer Weile hat er gesagt: »Ich beneide Sie, mein junger Freund, ich beneide Sie sehr. Es ist etwas Wundervolles, etwas Unbezahlbares und leider sehr Seltenes, was hier vorgeht, wissen Sie. Freunde, wie Sie es sind, sind inzwischen längst ausgestorben, leider. Und das war es auch, was ich Ihnen sagen wollte, mit meiner Bemerkung neulich, als ich Sie fragte: ›Nur gute Freunde, was?‹ Die Betonung lag auf dem ›Nur‹, wissen Sie. Sie haben gesagt, sie wären ›nur‹ gute Freunde. Sie hätten sagen müssen: Wir sind Gott sei Dank gute Freunde und niemand auf der Welt kann uns trennen! Denn so ist es doch, nicht wahr. Niemand könnte Sie trennen von ihm. Sie würden lieber eine ganze Klinik lahmlegen, als dass Sie jemand daran hindern könnte, zu ihm zu gehen, nicht wahr. Und ich sage Ihnen, ich beneide Sie beide sehr. Es ist ein Geschenk Gottes. Gehen Sie sorgsam damit um. Und was Ihre Frage mit dem Lächeln angeht, kann ich Ihnen sagen, beinahe alle Patienten haben sich haargenau an jede Einzelheit erinnert, wenn sie aus dem Koma kamen. Wenn sie sich also später daran erinnern können, müssen sie es ja zuerst einmal wahrgenommen haben, nicht wahr.« Dann hat er sich zu mir umgedreht und sich für meinen Besuch bedankt.

Als ich zur Tür raus bin, war ich irgendwie verwirrt. Bin in dein Zimmer, hab mich auf die Bettkante gesetzt und dich lange angeschaut. Ja, der Schnauzbart hat recht, es ist ein Gottesgeschenk. Und ich Idiot hatte ihn total falsch verstanden.

Montag, 15.05.

Es ist jetzt kurz vor drei in der Nacht. Gerade war ich bei der Frau Stemmerle, und wir haben ein wenig mit der Jasmin geplaudert. Heute Abend hat mir die Redlich Iris die Akte vom Florian gegeben und gesagt: »Hier, auf die bist du doch schon lange scharf, oder?« Sonst hat sie nichts gesagt. Sie hat mir nur die Akte auf den Küchentisch gelegt und ist mit quietschenden Reifen weg.

Nachdem ich mit der Walrika vom Balkon reingekommen bin, hab ich mir 'nen Milchtee gekocht und mir Florians bisheriges Leben reingezogen. Die Akte ist ziemlich dick und ich musste lange lesen, wobei es eigentlich immer und immer wieder das Gleiche ist, was drinsteht. Bis auf eine Ausnahme, und die hat es in sich. Die ist auch der ganze Grund, warum der Junge ist, wie er ist. Und diese Geschichte wünscht man seinem schlimmsten Feind nicht, Hannes. Der Florian hat nämlich im Alter von vier Jahren mit ansehen müssen, wie der Vater die Mutter getötet hat und anschließend sich selbst. Mit einer Pistole, genau gesagt: seiner Dienstwaffe. Florians Vater war Polizist. Dass der Junge das alles mit ansehen musste, war nicht der Wille oder die Absicht des Vaters. Ganz im Gegenteil. Die Tat geschah zu einem Zeitpunkt, wo der Junge längst im Kindergarten hätte sein müssen. Warum das nicht der Fall war, geht aus den Unterlagen leider nicht hervor. Jedenfalls hat die Mutter den Jungen zu Hause gelassen, und als der Vater mit der Waffe in der Hand und der Absicht zu tun, was er schließlich tat, die Wohnung betrat, saß der Junge auf dem Fußboden im Wohnzimmer und spielte mit den Legos. Vermutlich ging alles sehr schnell. Der Vater hat die Wohnung betreten und gleich geschossen. Hat sich noch kurz vom Tod der Gattin überzeugt und erschoss sich dann selber, bevor der Junge auch nur einen Piep von sich geben konnte. Das war so um die Mittagszeit.

Bis zum nächsten Morgen ist der Junge bei den toten Eltern gesessen und hat was weiß ich getan. Davon steht leider auch nichts in den Akten. Erst tags darauf ist der Florian ans Telefon gegangen, weil das halt geläutet hat. Es war seine Großmutter, die anrief und nach der Mutter fragte. Der Florian hat gesagt, die Mama sei nicht da und der Papa auch nicht und hat aufgelegt. Daraufhin ist die Oma zu der Wohnung gefahren und hat eben vorgefunden, was vorzufinden war. Das ist eigentlich alles, was wichtig ist.

Die unzähligen weiteren Blätter in den Unterlagen sagen immer das Gleiche. Der Florian hat danach bei seiner Oma gelebt, bis die Gesundheit sie verließ. Er kam dann ins Vogelnest und sie ins Krankenhaus, wo sie schließlich gestorben ist. Sie hatte sich in all den Jahren den Arsch aufgerissen für den Jungen, und der hat kein Wort gesagt. Es gibt x Berichte von x Psychologen, Gutachten über Gutachten mit Fachausdrücken, deren Wiedergabe mir leider nicht mehr möglich ist, und im Grunde steht immer nur da, dass der Junge nix sagt. Das war also scheinbar schon immer so, was mich ein bisschen beruhigt, hatte ich doch lange den Verdacht, er schweigt erst, seit er im Vogelnest ist.

Dienstag, 16.05.

Hab gestern leider abrupt aufhören müssen zu schreiben. Einer der Insassen war auf Wanderschaft, und den hieß es, davon zu überzeugen, dass jetzt Bettruhe ist. Eigentlich war es eine Frau, die Frau Obermeier, die du bisher noch nicht kennst, und es spielt eigentlich auch keine große Rolle. Jedenfalls ist die Frau Obermeier im Morgenmantel des Nächtens durch die Gänge geirrt und hat mich mit ihren schlurfenden Schritten darauf aufmerksam gemacht. Ich hab sie ziemlich schnell gefunden und natürlich mit Engelszungen auf sie eingeredet, dass sie wieder ins Bett gehen soll. Das hat aber nicht funktioniert, überhaupt nicht. Stattdessen ist sie irgendwann im Schneidersitz auf dem Boden gehockt und hat sich totgelacht. Da die Frau Obermeier nun ja leider keine Gazelle ist, sondern eher etwas fleischig, hab ich sie auch mit der bewährten Hebeltechnik nicht von dem verdammten Fußboden hochgekriegt. Mir ist der Schweiß zwischen den Arschbacken runtergelaufen und ihr Lachen wurde ständig schriller und lauter. So ging das eine ganze Weile. Die Frau Obermeier saß da und lachte, und ich hievte und zerrte an ihr rum und hab mir dabei einen Wolf geredet, sie solle doch bitte endlich Vernunft annehmen. Irgendwann hat sie dann vor lauter Lachen auf den Boden gepinkelt und ich hab mir den Arm ausgekugelt. Und das sind Schmerzen, Alter, die ich noch nicht mal beschreiben kann. Ich bin in die Knie gegangen und hab mir den Arm gehalten. Dann ist die Frau Obermeier aufgestanden, hat den Gürtel ihres Morgenmantels gelöst und um mich herumgewickelt. Sie hat ganz fest zugeschnürt und dabei nicht aufgehört zu lachen. Es wurde dann ziemlich laut im Flur, weil ich nun auch meinen Schmerzen freien Lauf ließ, freien Lauf lassen musste! Unvermeidbarerweise gingen nach und nach die Zimmertüren auf und die Insassen kamen, um zu sehen, was hier los ist. Na ja.

Jedenfalls war der Gang ziemlich voll, und jeder beugte sich zu mir hinunter und klopfte mir aufmunternd auf die lädierte Schulter. So bin ich dann im Flur des Vogelnestes gekniet, gefesselt mit einem Morgenmantelgürtel, Tränen in den Augen und etlichen Spinnern um mich rum. Als gefühlte Lichtjahre später im Dämmerlicht des Korridors endlich und heiß ersehnt die Walrika erschien, in einem wallenden Nachthemd mit Blümchen, hat das mein Leben gerettet. Sie hat nur ein paarmal in ihre Hände geklatscht und flugs verschwanden alle in ihren Zimmern. Auch die Frau Obermeier. Sie hat aufgehört zu lachen und ist einfach in ihr Zimmer gegangen. Als wär nichts gewesen. Die Walrika hat mir aufgeholfen, ist hinter mich getreten und hat ohne Vorwarnung und mit einem gekonnten Ruck meinen Arm wieder eingerenkt, was dermaßen wehtat, dass ich sie einen »gottverdammten Metzger« nannte. Sie hat mir noch eine schmerzstillende Salbe aufgetragen und ist schließlich im wallenden Blümchennachthemd zurück auf ihr Zimmer (welches im entlegensten Teil des Hauses ist, darum auch die späte Rettung). Das Saubermachen vom Flur und von der Frau Obermeier hat sie dann wieder mir überlassen.

Ich sag's dir, Hannes, das war eine Horrornacht. Und jetzt

sitz ich also wieder hier in der Küche im Vogelnest und lausche voller Panik auf die schlurfenden Schritte von der Frau Obermeier. Heute Morgen beim Frühstück, als mir die Frau Stemmerle in Rücksichtnahme auf meine kaputte Schulter die Semmel mit Frischkäse geschmiert hat, ist die Frau Obermeier hergekommen. Sie hat sich zu mir runtergebeugt, mich angegrinst und gesagt, dass sie so viel Spaß schon lange nicht mehr gehabt hätte und dass sie sich schon jetzt auf die Bettruhe freut. Dabei hat sie mir zugezwinkert. Unheimlich, wirklich.

Ich hab das heute auf dem Balkon der Walrika erzählt, und die hat gesagt: »Jetzt stellen Sie sich in Gottes Namen nicht so an, Uli. Sie müssen schon klar unterscheiden, wer hier welche Funktion innehat. Und wenn Sie sich das Ruder aus der Hand nehmen lassen, ist es eben unvermeidbar, dass sich die Richtung ändert«, hat sie gesagt, und: »Es ist Ihr Auftreten, Uli. Wenn Sie unseren Gästen den Eindruck vermitteln, Sie seien ihr Kumpel, dann werden Sie auch so behandelt, verstehen Sie das? Und mit Kumpels macht man nun mal eben Späße, nicht wahr. Und wie Sie ja gehört haben, hatte die Frau Obermeier mächtig Spaß letzte Nacht.«

So, Hannes, das war's für heute. Bis jetzt ist alles ruhig hier, es ist Zeit, meine Runde zu drehen, und ich fürchte mich davor.

Samstag, 20.05.

Heute komme ich endlich wieder mal dazu, dir einiges niederzuschreiben, Hannes. Es war eine ziemlich anstrengende

Woche, war auch jeden Tag bei dir und hab bereits alles erzählt. Reagiert hast du aber nicht. Habe die letzten Nächte gut rumgebracht, die Frau Obermeier hat geschlafen wie ein Baby und ist artig in ihrem Zimmer geblieben. Ich habe von der Redlich Iris erfahren, dass sie in der Nacht, meiner Horrornacht, ihre Medikamente nicht bekommen hatte. Das war zweifellos meine eigene Schuld, ich hab das Schälchen mit den Tabletten auf das Nachtkästchen von der Frau Obermeier gestellt und mich fest darauf verlassen, dass sie eingenommen werden. Passiert nicht noch einmal.

Am Mittwoch nach dem Frühstück, zwischen meiner Schicht und der von der Redlich Iris, sind wir beide mit ihrem Auto in das kleine Wäldchen hinterm Vogelnest gefahren und dort haben wir's dann gemacht. Als wir fertig waren, hat der Bauer vom Lehmbichlhof an die total beschlagene Autoscheibe geklopft und gefragt, ob wir bald mal wieder Frischkäse brauchen im Vogelnest. Herrgott, wer weiß, wie lange der da schon gestanden hat! Die Redlich Iris (dummerweise gelingt es mir nicht, allein ihren Vornamen auszusprechen, keine Ahnung, warum) hat mich nach Hause gefahren und ist dann weiter zur Arbeit. Sie möchte jetzt ständig in unserer gemeinsamen Freizeit was mit mir unternehmen. Und sie versteht es irgendwie gar nicht, dass ich dafür keine Zeit habe. Es ist schon wegen unserer Schichten unmöglich, was gemeinsam zu unternehmen. Und die Wochenenden gehen gar nicht. Die brauch ich für mich. Und für dich, Hannes.

Bin diese Woche im Krankenhaus auch auf die Nele und den Kalle gestoßen. Jeder ist auf einer deiner Bettkanten gesessen, und sie haben geflüstert, als ich reinkam. Als sie mich hörten, sind sie aufgestanden und haben gesagt, sie müssten jetzt eh weg, weil sie schon so lange da sind. Zweimal war das so diese Woche, immer der Kalle und die Nele. Egal.

Jedenfalls hatte gestern die Frau Stemmerle Geburtstag, und die hat sich als einziges Geschenk gewünscht, dass ich ihr was auf der Posaune vorspiele. Ich hab sie natürlich gefragt, was sie denn hören möchte. Und sie hat gesagt, sie kennt nur ein einziges Lied, und zwar ist das aus einem ihrer Lieblingsfilme. ›Der Zapfenstreich‹ aus ›Verdammt in alle Ewigkeit‹. Das hab ich ihr gespielt und sie hat sich gefreut. Die anderen Insassen auch, die haben alle geklatscht. Na ja.

Übrigens hat mir mein Vater die Notenhefte aus Spanien geschickt. Insgesamt sind es vier, wobei nur eines für Posaune ist. Es sind die ›Geistlichen Stücke‹ aus ›Die kleine Schule der Posaune‹ auf Spanisch. Das Gleiche hat er mir schon vor Jahren in deutscher Fassung geschenkt, und ich fand es da schon scheiße. Die anderen Hefte sind für ein ganzes Orchester oder so, er hat mir aber mit dem Textmarker die Passagen für die Posaune angestrichen. Irgendwie kapiert er es nicht, dass, wenn schon Posaune, dann eben Jazz. Ich hab dieses Teil wirklich gehasst, bis ich dann ›Die Glenn Miller Story‹ im Fernsehen gesehen und gemerkt hab, dass man damit ja richtige Musik machen kann.

So, Hannes, mich holt jetzt gleich der Brenninger ab, und wir wollen noch kurz rausfahren zum Baggersee. Mal schauen, wie die Wassertemperaturen sind (Lufttemperatur seit Tagen achtundzwanzig Grad). Im Anschluss fahren wir zu dir. Bis dahin.

Dienstag, 23.05.

Wir waren am Samstag noch bei dir, der Brenninger und ich, aber nicht lange. Deine Eltern waren da und offensichtlich ein jeder, der auch nur ansatzweise mit euch verwandt ist. Jedenfalls war das Krankenzimmer zum Bersten voll. Wir sind gleich wieder abgehauen, nachdem uns deine Mutter überschwänglich diesen und jenen Onkel, Neffen oder was weiß ich vorgestellt hatte. Außerdem waren einige Kinder da und der Lärmpegel war beachtlich.

Wir sind noch mal raus zum See (das Wasser ist definitiv noch zu kalt zum Baden), und auf einmal hat der Brenninger irgendwie 'ne depressive Phase gekriegt. Er ist da so am Ufer gesessen, hat auf den See hinausgeschaut und Steine floppen lassen. Dann hat er gesagt, dass er immer irgendwie so der Depp ist, ein Anhängsel oder so und wir ihn eh alle nur dabeihaben wollen, weil seine Eltern den Partyservice haben. Er hat gesagt, dass er auf den ganzen Partyservice scheißt und dass er stattdessen lieber einen ehrlichen Freund hätte und nicht nur Leute, die auf seinen Partyservice scharf sind. Ich weiß nicht recht, wie er dadrauf kommt, wir hatten doch abgesehen von seinem achtzehnten Geburtstag oder neulich bei dir im Krankenhaus noch nie irgendeinen Vorteil von dem blöden Partyservice. Egal. Jedenfalls hat er gesagt, der Kalle hätte den Rick und ich hätte dich und er ist halt immer das fünfte Rad am Wagen. Hab das noch nie so empfunden. Eigentlich haben wir doch das meiste gemeinsam gemacht, oder? Er hat gesagt, dass eh alles scheiße ist und er jetzt dringend mal rausmuss. Na, jedenfalls überlegt er nun, mal nach Neuseeland zu gehen für ein paar Wochen, um den Michel zu besuchen. Er hat sich auch schon erkundigt wegen den Preisen und so, und er überlegt ernsthaft, das zu tun. Dann hat er sich splitterfasernackt ausgezogen und ist ins Wasser gesprungen.

Montag, 29.05.

Hallo Hannes,
der Mai ist jetzt fast rum und du liegst da und merkst es noch nicht einmal. Riechst nicht den Flieder oder den Regen, der jetzt ganz anders riecht als sonst. Die Sonne, die hier ins Zimmer knallt, die Vögel, die draußen pfeifen, nichts davon bekommst du mit. Du merkst es noch nicht einmal, wenn deine ganze dämliche Verwandtschaft hier ein Familientreffen arrangiert und wortwörtlich über deinen Kopf hinweg alte Geschichten aufwärmt und Butterkekskrümel im Bett verteilt.

Ach, Hannes, ich bin vorgestern den ganzen Tag bei dir gewesen. Gestern war das Wetter so schön, und ich hab schon richtig vermutet, dass du alleine bist. Schließlich kann man es auch niemandem verdenken, wenn jemand lieber zum Baden geht, anstatt an einem Krankenhausbett zu sitzen und auf ein Wunder zu warten.

Ich habe gewartet, den ganzen Tag. Habe dir die Sportberichte aus der Samstagszeitung vorgelesen und meinen Brief an dich, bis zum aktuellen Stand. Ich habe das Fenster weit aufgerissen und die gute Sommerluft hereingelassen. Ab und zu ist eine der Schwestern reingekommen, hat dich umgelagert und deine diversen Anschlüsse überprüft; eine mit einem freundlichen Lächeln (die hat mir übrigens durchs Haar gestreift), die andere mit einem Gesicht, das sagte: Heute ist ein sauguter Tag da draußen und ich muss hier in diesem verdammten Krankenhaus Infusionsflaschen kontrollieren! Das hat uns aber nicht gestört, oder, Hannes?

Irgendwann habe ich mir die Schuhe ausgezogen und mich parallel zu dir ins Bett gesetzt, die Füße ganz ausgestreckt. Ich habe dich lange angesehen, mein Freund. Du liegst da, ganz entspannt und wirkst tatsächlich sehr zufrieden. Deine Denkerstirn liegt ganz glatt, und die kleinen Kräuselfalten, die du hast, wenn du nachdenkst oder dich über irgendwas ärgerst, sind nicht zu sehen. Noch nicht einmal zu ahnen. Deine Augenlider sind wie immer nicht ganz geschlossen, und wenn ich wollte, könnte ich deine Augäpfel sehen. Will ich aber nicht. Weil das unheimlich ist. Weil du mich dann anschaust, ohne mich anzusehen. Es ist schön hier. Ein leichter Wind weht durch die Äste der alten Kastanie vor deinem Zimmerfenster und bläst die Gardinen herein. Und die Sonne wirft fliegende Schatten an die Wände. Es ist so ruhig, auch draußen im Gang, ab und zu Schritte, selten eine Tür. Wir liegen uns hier gegenüber und genießen den Tag. Irgendwann bin ich dann eingeschlafen.

Deine Mutter hat mich gegen sieben Uhr aufgeweckt und erst mal geschimpft, dass meine Füße strumpfsockig auf deinem Kopfkissen liegen. Sie hat mich mitten aus dem Schlaf gerissen, ich war verwirrt, und so hab ich sie angeschrien: »Es ist Ihr Sohn, der hier verreckt. Und wo waren Sie den ganzen lieben langen Tag, hä?« Hab mir dann die Schuhe angezogen und bin raus.

Ach ja, der Brenninger hat Kontakt aufgenommen mit dem Michel in Neuseeland. Der hat sich richtig gefreut. Der Brenninger soll auch schöne Grüße ausrichten an uns alle, und ich geb das jetzt so weiter. Der Michel weiß noch nichts von deinem Unfall, der Brenninger wollte ihm das nicht so am Telefon sagen. Da er ja jetzt erst mal Kontakt aufgenommen hat, wird er wohl bald bei dem Michel auf der Matte stehen, denk ich mal.

Und noch was: Der Kalle und die Nele waren wieder gemeinsam bei dir. Hab sie durch das Fenster in deiner Zimmertür gesehen und hab draußen gewartet, bis sie weg waren. Ist mir irgendwie unangenehm, die beiden ständig zusammen zu sehen.

Im Vogelnest gibt's nichts Neues, außer dass ich jetzt immer mit der Zündapp statt mit dem Radl zur Arbeit fahre. Ich weiß nicht, warum, vermute mal, die quietschenden Reifen von der Redlich Iris sind dran schuld. Muss offensichtlich meine Männlichkeit unter Beweis stellen. Gestern hat sie mich abgepasst, als ich abends zur Arbeit kam (die Redlich Iris) und hat mich gefragt, ob sie da mal mitfahren kann hinten drauf. Dabei hat sie ganz sanft über den Tank gestreichelt und mir verheißungsvolle Blicke geschickt. Hab dann gesagt: »Da kommt keine Frau drauf. Niemals. Nur über meine Leiche! Nur über meine Leiche«, hab ich gesagt. Sie hat ihre Augenbraue nach oben gezogen und ist weg.

Übrigens hab ich mich noch bei deiner Mutter entschuldigt, noch am gleichen Tag. Ich hab ihr gesagt, dass es mir sehr leidtut. Und sie hat genau so reagiert, wie ich's erwartet hab. Sie hat einfach gesagt: »Ich weiß schon, Uli.«

So. Für heute genug, melde mich morgen wieder.

Freitag, 02.06.

Tja, nun ist diese Woche auch gleich geschafft und das nahende Wochenende hebt meine Stimmung enorm. War in den letzten Tagen kaum bei dir aus diversen Gründen. Zum einen fehlt mir der verdammte Schlaf und ich komm immer erst am späten Nachmittag aus den Federn. Die Redlich Iris hat sich nämlich fest vorgenommen, sich täglich ihre Mittagspause zu versüßen. Sie kommt dann zu mir heim, was mir natürlich nicht unangenehm ist, aber mir fehlt halt der Schlaf.

Zum anderen musste ich jedes Mal, wenn ich vor deiner Tür stand, mit Entsetzen feststellen, dass du schon belagert wurdest (deine Eltern, diverse Unbekannte, die Nele und der Kalle, die Nele und der Kalle und die Nele und der Kalle. Nervtötend!).

Die Vorbereitungen zum Sommerfest hier im Vogelnest laufen auf Hochtouren, und es hat sich herausgestellt, dass sich einige hochbegabte Bastler unter den Insassen befinden. Ob du's glaubst oder nicht, die Frau Stemmerle ist so was wie die Vormach-Oma geworden, setzt sich zu diesem oder jenem, gibt brauchbare Tipps oder zeigt hilfreiche Handgriffe. Wir haben mittlerweile so viel Dekorationsmaterial, dass wir die Tür zur Wäschekammer (wo das Zeug gelagert wird) kaum noch aufkriegen.

Ja, und der Florian hat sich zum begnadeten Gärtner entwickelt. Der Garten im Vogelnest ist ja ohnehin eine Augenweide, was der Junge jetzt aber daraus gemacht hat, ist schon umwerfend. Alles blüht und grünt und wächst und gedeiht. Der Florian redet zwar immer noch nicht (jedenfalls nicht mit uns Menschen, bei den Pflanzen würd ich da nicht drauf wetten), aber er hat eine Aufgabe, die ihn voll und ganz erfüllt und ihm tatsächlich manchmal ein Lächeln entlockt. Nun ist eben am Sonntag das Sommerfest, alle sind schon ganz aufgeregt, und ich habe versprochen, ein paar Stücke mit der Posaune zu spielen. Ich muss noch etwas üben, es kommt ein Typ von der Zeitung, und da möchte man sich ja nicht blamieren. Nicht, dass da am Montag dann drinsteht: Untalentierter Pfleger quält psychisch instabile Personen mit seiner Posaune. Nein, das möcht ich nicht.

Werde heute Abend vor der Schicht wieder mal 'nen Versuch wagen, bei dir vorbeizuschauen, und hoffe inständig, dass es funktioniert. Geh jetzt zur Frau Stemmerle, es ist halb drei.

Montag, 05.06.

Servus Hannes,
leider hab ich auch am Freitagabend kein Glück gehabt bei dir, diesmal waren der Schnauzbart und die Schwestern da, um deine Zugänge zu überprüfen, was erfahrungsgemäß ewig dauert. So bin ich am Samstag sehr früh aufgestanden und noch mal ins Krankenhaus gefahren, es war aber wieder der Schnauzbart mit den Schwestern da. Glücklicherweise diesmal nicht lange, danach bin ich rein. Der Schnauzbart ist auch noch mal reingekommen und hat uns angeschaut. Er ist einfach nur dagestanden, hat an seinem Bart gezwirbelt und hat uns angeschaut. Irgendwann hat er gesagt: »Würden Sie mir Ihren Namen verraten? Ich kenne Sie leider nur als Freund

von Herrn Ellmeier, wissen Sie.« Ich hab ihm gesagt: »Ich bin der Uli. Und das da … das ist der Hannes.«

Er hat gezwirbelt, hat sich umgedreht und ist zur Tür gegangen. Kurz bevor er raus ist, hat er gesagt: »Und ich bin der Klaus.« Dann ist er gegangen und hat die Tür hinter sich zugemacht, der Klaus. Na ja.

Jedenfalls hatten wir jetzt erst einmal Ruhe, und ich konnte dir die Sportberichte aus der Zeitung vorlesen. Etwas später kam eine Schwester und hat für mich eine Tasse Kaffee gebracht und hat gesagt, die wär vom Dr. Klaus Schnauzbart. Klasse, oder?

Am Nachmittag hab ich daheim die Posaune rausgeholt und geübt. Zuerst ging das ja ganz gut, hab ein Stück geübt, das einem Sommerfest in einer Psychiatrie schon gerecht werden könnte, bin dann aber leider immer wieder ins Jazzig-Rockige abgedriftet, konnte mich einfach nicht konzentrieren. Jedenfalls hat irgendwann mein Nachbar geläutet und gesagt, wenn ich mit dem Gejaule nicht sofort aufhöre, würde er mich töten. Und zwar mit der Posaune. Hab also das blöde Teil genommen und bin in das kleine Wäldchen hinterm Vogelnest gefahren. Aber da war es genauso. Zuerst die klassischen Töne, ganz souverän, dann bedauerlicherweise wieder Jazz. Meine Hände und Lippen machen, was sie wollen, und nicht, was ihnen mein Gehirn vorschreibt, es ist zum Kotzen. Vermutlich hab ich mit der ganzen Posaunerei den Bauern vom Lehmbichlhof auf den Plan gerufen, denn der stand auf einmal neben mir und hat gesagt: »Wenn ich dir mal einen Rat geben darf, Bursche, dann mach den Jazz. Von ernster Musik hast du nicht die geringste Ahnung!«

Na, der hat gut reden! Die Walrika hat gesagt, wenn ich das

Fest schon musikalisch untermalen muss, dann in Gottes Namen mit etwas Gediegenem. Wir sind hier schließlich nicht in einem Jugendzentrum. Außerdem stünde in der Heimordnung, dass »das Spielen von lärmenden Musikinstrumenten generell untersagt ist, insbesondere aber, wenn es sich um Stücke handelt, die aggressiver Natur sind«, hat sie gesagt. Hab schließlich die Posaune eingepackt und bin heimgefahren.

Sonderbarerweise hat am Sonntag alles wunderbar geklappt. Hab zwei Stücke gespielt, von Schütz und Pachelbel, sehr gediegen, und die Insassen haben geklatscht. Der Zeitungsfuzzi hat ein paar Fotos gemacht und mir einige Fragen gestellt. Leider waren die Fotos heute nicht in der Zeitung (jedenfalls nicht die mit mir), und in dem Bericht wurde ich auch nur im Gesamtbild erwähnt: Das Pflegepersonal, das sich aufopfernd und liebevoll um seine Gäste kümmert ... Aber die Überschrift, Hannes, die Überschrift hat mich schon gefreut. Die Überschrift lautete nämlich: Sommerfest im Vogelnest.

Bin übrigens nach meinem Auftritt noch ein wenig bei der Frau Stemmerle gesessen und hab mit ihr geplaudert. Dabei ist sie mit einer Bitte rausgerückt. Und zwar hat sie mich gebeten, einmal an den Starnberger See zu fahren, zu ihrer alten Villa, um nach dem Rechten zu sehen. Sie hat gesagt, das sei eine Vertrauenssache und sie möchte gerne, dass ich die übernehme. Sie hat auch gesagt, dass sie nicht wisse, ob ihr Sohn dort nun wohnt oder nicht, weil sie ja keinen Kontakt zu ihm hat. Sie hat mir die Schlüssel in die Hand gedrückt und mich inständig gebeten, dort einmal nachzusehen. Werde das machen, sobald ich Zeit hab dazu.

Ach ja, und auf dem Foto vom Zeitungsfuzzi (abgesehen von der Gesamtaufnahme des Festes) war ein Foto vom Florian. Der Florian vor einem Rhododendron in wundervollster Blüte, aufgestützt auf einen Rechen, irre, nicht? Allerdings hat er mit dem Zeitungsfuzzi auch kein Wort geredet. So, nun ist das Sommerfest gelaufen, und sogar gut, wie ich meine. Und ich kann mich wieder den wesentlichen Dingen des Lebens widmen. Wobei mir eingefallen ist, dass nun die Insassen keine Aufgabe mehr haben. Basteln sollten sie jedenfalls nicht mehr, wir ersticken in dem Zeug. Mal sehen, vielleicht ergibt sich was anderes. Werde heute vor der Schicht kurz zum Baggersee fahren, die Wassertemperatur ist nun erträglich.

Donnerstag, 08.06.

Es ist wieder mal weit nach Mitternacht und ich schreibe aus dem Vogelnest. Vorgestern früh hat mich der Rick angerufen, und zwar um die Uhrzeit, wo ich für gewöhnlich grad einschlaf. Hab ihn wohl ziemlich ruppig angefahren, ob er denn nicht weiß, dass ich Nachtschicht habe, und er hat gesagt, er hätte mich sicherlich niemals gestört, wenn's nicht so wichtig wäre. Na, jedenfalls hat er mich gebeten, mit ihm zu dir ins Krankenhaus zu gehen. Alleine würde er sich nicht trauen, eben wegen dem blöden Hausverbot. Außerdem hätte er nun einige Male auf gut Glück vor dem Eingang gewartet, hat aber leider niemanden angetroffen, mit dem er zu dir raufgehen konnte. Also haben wir ausgemacht, dass wir uns am nächsten Tag vor dem Krankenhaus treffen, und das taten wir dann auch.

Als ich vom Parkplatz her Richtung Eingang gegangen bin, habe ich ihn nicht gesehen. Ich hab mir etwas Zeit gelassen, weil ich keinen Bock hatte, lange zu warten. Erst als ich näher gekommen bin, hab ich ihn erkannt und vermutlich auch nur deshalb, weil er mit beiden Armen gewinkt hat. Großer Gott, Hannes, er hatte eine dunkle Sonnenbrille auf, eine Kappe tief ins Gesicht geschoben und trug einen Bart. Ja, das ist wahr, er trug einen Bart, und nicht etwa einen zum Aufkleben, nein! Er trug einen echten, ziemlich dichten, kohlrabenschwarzen Vollbart. Vermutlich habe ich ihn eine Zeit lang angestarrt, jedenfalls hat er irgendwann gesagt: »Starr mich nicht so an!« Also hab ich aufgehört, ihn anzustarren, und habe ihn stattdessen gefragt, was der Aufzug soll und warum er sich jetzt auf einmal einen Bart wachsen lässt. Und der Rick hat gesagt: »Na, wegen dem Hannes, damit mich niemand erkennt. Wegen dem Scheiß-Hausverbot eben.«

Wir sind dann zu dir rauf und niemand hat ihn erkannt, noch nicht mal deine Mutter. Die hat ihn nämlich mit einem »Sehr angenehm« begrüßt. Der Rick ist lange auf deiner Bettkante gesessen, hat an seinen Nägeln gebissen und geredet wie ein Wasserfall. Hab mich aufs Fensterbrett gesetzt und hinausgesehen. Wollte mich da nicht einmischen. Hatte den Eindruck, der Rick musste dir so manches erzählen, und dafür hatte er einiges auf sich genommen, mein Freund. Ich hatte einen dicken Kloß im Hals.

Montag, 12.06.

Bin gestern mit der Zündapp zum Starnberger See gefahren. Habe die alte Villa von der Frau Stemmerle lange suchen müssen, sie liegt sehr versteckt und ist zugewachsen wie bei Dornröschen. Hab sie aber schließlich doch gefunden und muss schon sagen, es ist schlicht und ergreifend umwerfend dort. Das Grundstück liegt direkt am See und alter Baumbestand hat völlig Besitz ergriffen vom Garten. Ich war auch am Wasser unten, da, wo die Jasmin gestorben ist, und hab eine Gedenkminute für sie eingelegt anstelle der Frau Stemmerle. Das Haus innen ist eingestaubt bis unters Dach und lässt trotzdem erahnen, wie behaglich das mal gewesen sein muss. Die Wände sind voll mit Bildern und edler Keramik, wohin man schaut. Aufgefallen ist mir auch, dass überall Patchworkdecken liegen in bunten Farben, vermutlich in Handarbeit gefertigt, gehäkelt oder gestrickt. Auf einer Anrichte Familienfotos in Hülle und Fülle in kostbaren Rahmen. Auf den meisten ein kleines Mädchen, vermutlich Jasmin. Ihre Haare schwarz und eine Haut wie Milch und Honig, gut zu verstehen, warum sie das Herzstück der Familie gewesen ist. Ich hab eins der Fotos mitgenommen und gehofft, dass die Frau Stemmerle das gut findet. Außerdem hab ich noch einen ganzen Korb voll Wolle und Nadeln mitgenommen, vielleicht kann sie jetzt ja was handarbeiten, wo's mit der Bastelei vorbei ist. Bin noch mal kurz runter zum See, einfach weil der Blick so schön war. Und da bin ich eben gestanden, mit der Wolle und dem Bild und gaffte in den See hinaus.

Irgendwann hat mich jemand von hinten ziemlich unwirsch auf die Schulter getupft. Als ich mich umgedreht hab, steht da ein Mann in mittlerem Alter, und ich hab auch gleich richtig geahnt, dass es der Sohn ist. Der Sohn eben von der Frau Stemmerle und der Vater von der Jasmin. Und er wollte natürlich wissen, was ich hier mach. Ich hab mich kurz vorgestellt und die Sache erklärt. Er hat mir dann erzählt, dass er jeden Sonntag hierherkommt, nicht ins Haus, nur an den See, und ein paar Blumen ins Wasser wirft. Das hat er auch getan. Wir haben den Blumen hinterhergeschaut, wie sie so dahintreiben, und haben geschwiegen. Bevor ich abgedüst bin, hab ich ihn noch gefragt, ob er denn seine Mutter nicht mal besuchen möchte im Vogelnest, und gesagt, dass sie sich darüber bestimmt unheimlich freuen würde. Und er hat gesagt: »Meine Mutter hat ihr ganzes Leben lang nichts getan. Außer ein paar dämliche Handarbeiten vielleicht. Sonst nichts, wissen Sie. Sie hatte eine Putzfrau, einen Gärtner, und was weiß ich noch alles. Sie hat selber nie irgendetwas tun müssen. Die einzige Aufgabe in ihrem Leben war es, auf die kleine Jasmin zu achten. Das war alles. Mehr hat keiner von ihr verlangt. Ist das denn verdammt noch mal zu viel verlangt, auf ein achtjähriges Mädchen aufzupassen?« Er ist im Laufe des Redens immer lauter geworden und hat am Schluss gebrüllt. Das war nicht schön.

Bin dann auf die Zündapp gestiegen und mit der Wolle und dem Bild im Rucksack nach Hause gefahren. Die Frau Stemmerle hat sich trotzdem gefreut über die Wolle und das Bild. Sie hat zwar gesagt, dass sie die Jasmin im Herzen hätte, aber über das Bild hat sie sich trotzdem gefreut. Das Treffen mit ihrem Sohn hab ich nicht erwähnt. Zumindest nicht ihr gegenüber. Habe die Geschichte der Walrika auf dem Balkon erzählt. Sie hat aufmerksam zugehört und schließlich gesagt:

»Sie fahren da am nächsten Sonntag noch mal hin, Uli. Zuvor kommen Sie hier im Vogelnest vorbei, haben Sie mich verstanden. Wir werden den Herrn Stemmerle in Gottes Namen wohl zur Vernunft bringen, meinen Sie nicht?«

Ich hab nur genickt.

Mittwoch, 14.06.

Du, Hannes, stell dir vor, ich hab heute einen Anruf gekriegt aus Neuseeland. Und jetzt rate mal, wer dran war. Der Brenninger! Und natürlich der Michel, aber der wohnt ja da. Na, jedenfalls hat der Brenninger angerufen und gesagt, gleich nachdem er mit dem Michel Kontakt aufgenommen hatte, ist er los und hat sich ein Ticket gekauft. Er sagt, er braucht jetzt mal 'ne Auszeit und wird ein paar Wochen dort bleiben, wo er jetzt ist, und die Zeit genießen. Ich hatte den Eindruck, sie waren ziemlich blau, es war ja auch mitten in der Nacht nach neuseeländischer Zeit, als sie angerufen haben. Der Michel hat dann noch gesagt, dass ihm das unheimlich leidtut, was mit dir passiert ist, und es hat sich ganz komisch angehört. Es passt halt irgendwie nicht, wenn einer von einer »unglaublich dramatischen Tragödie« spricht und dabei lallt. Ehrlich gesagt hab ich das Wort »Tragödie« gar nicht verstanden oder erst, nachdem wir das Telefonat beendet hatten. Obwohl ich dreimal nachgefragt habe. Aber er hat, wie gesagt, gelallt und hat dann noch diesen englischen Slang und er hat immer so was wie »Dratschi« gesagt. Aber wie gesagt, hinterher ist mir dann eingefallen, dass es wohl Tragödie war, was er gemeint hat. Egal.

Jedenfalls soll ich dich grüßen, von ganzem Herzen, wirklich, von ganzem Herzen, hat der Brenninger gelallt. Ich hab dir das natürlich ausgerichtet und die Geschichte erzählt, du hast aber nicht reagiert.

Montag, 19.06.

Hallo Hannes,
ja, ich bin also gestern wie von Walrika gewünscht zum Starnberger See gefahren. Zuvor natürlich (auch wie gewünscht) ins Vogelnest. Und was soll ich dir sagen, da steht die Walrika mit einem Helm auf dem Kopf und 'ner Lederjacke über der Kutte vor der Tür und fragt: »Worauf warten Sie noch, Uli? Helfen Sie mir in Gottes Namen auf dieses unsägliche Gefährt!« Ich hab gar nicht gewusst, was ich sagen soll, und tat einfach automatisch, was sie wollte. Ich musste die Maschine unglaublich weit zur Seite neigen, damit sie mit ihren kurzen Beinen aufsteigen konnte. Es hat auch eine Weile gedauert, bis sie ihre Kutte so platziert hatte, dass alles stimmte. Aber dann sind wir losgefahren. Habe im Rückspiegel gar nichts sehen können, weil ihr Schleier im Wind flatterte und mir die Sicht nahm. Irgendwann hab ich dann angehalten und gesagt, sie soll sich mit mir in die Kurven legen, nicht dagegen, weil wir sonst auf die Fresse fallen. Sie hat gesagt: »Wie Sie meinen«, und hat sich in die Kurven gelegt. Die Fahrt dauerte länger als die Woche zuvor, und ich weiß nicht, ob sie mit ihrem wehenden Schleier so viel Widerstand erzeugt hat oder ich nur vorsichtiger gefahren bin.

Jedenfalls sind wir irgendwann angekommen und zum See runtergegangen. Da stand er auch schon, der Herr Stemmerle, und hat den Blumen hinterhergeschaut. Nachdem sich die beiden bekannt gemacht hatten, hat die Walrika den Herrn Stemmerle auf ein Wort ins Haus gebeten. Nach einigem Zögern ist der mit ihr mit und ich bin am Wasser geblieben und hab Steine floppen lassen. Nach einer Weile sind sie wieder rausgekommen, und wir sind gemeinsam den schmalen Kiesweg entlang bis zur Eingangspforte gegangen. Dort haben wir uns verabschiedet und der Herr Stemmerle hat mit einem Blick auf die Zündapp gefragt: »Sie sind mit dem Motorrad hier?« Die Walrika hat gesagt: »Das haben Sie glasklar erkannt, Herr Stemmerle. Und vergessen Sie in Gottes Namen nicht, dass Sie nächsten Sonntag ins Vogelnest kommen!«

Weiß der Teufel, wie sie das wieder gemacht hat.

War danach noch bei dir und hab das Fenster weit aufgerissen. Es war stickig und warm im Zimmer und deine Hände waren ganz heiß. Hab die gute Sommerluft reingelassen und dir von meinem Ausflug erzählt. Bin auf der Fensterbank gesessen und hab in die Kastanie geschaut. Es war warm und ruhig und nur das Zirpen der Grillen war zu hören.

Freitag, 23.06.

Die Nacht ist gleich überstanden und ich schreib dir noch schnell, bevor ich das Frühstück vorbereiten muss. War gestern vor der Schicht noch kurz bei dir, und zum Glück warst du alleine. Habe mich also auf die Bettkante gesetzt und ein wenig aus meinem Brief vorgelesen. Als ich da so gesessen bin, hab ich deine Hand angeschaut, und die war heute ganz blau. Hab sie dann berührt und festgestellt, dass sie nicht nur blau, sondern auch eiskalt ist. Also hab ich angefangen, deine Finger zu massieren. Leider war die Haut deiner Hand genauso trocken wie die meiner, sodass es nur sehr schlecht gegangen ist.

Na, jedenfalls bin ich irgendwie auf die Idee gekommen, ins Schwesternzimmer zu gehen und nach Vaseline zu fragen. »Wozu brauchen Sie denn Vaseline, wenn ich fragen darf?«, hat mich die Schwester gefragt. Und ich hab gesagt: »Ich möchte meinen besten Freund massieren.«

Schon als ich es gesagt hab, war mir bewusst, dass das jetzt scheiße war. Die Schwester hat mir mit hochrotem Kopf das blöde Vaseline gegeben und ich hab damit deine Hände massiert. Du hast aber naturgemäß nicht reagiert.

Sonst ist eigentlich nix passiert, außer dass ich durch die Mittagspausen von der Redlich Iris langsam auf dem Zahnfleisch daherkomme. Diese Frau hat eine Beharrlichkeit, das ist unglaublich. Sie hat mich übrigens darauf angesprochen, dass ich die Walrika auf der Zündapp mitgenommen habe. Sie wusste das, wie auch alle anderen hier im Vogelnest. Hier gibt's keine Geheimnisse. Na, jedenfalls hat sie gesagt: »Ich dachte, du nimmst keine Frauen mit auf deinem kostbaren Motorrad?« Und ich hab gesagt: »Die Schwester Walrika ist keine Frau, weißt du. Sie ist ein Engel.«

Da hat sie aber blöd geschaut, die Redlich Iris.

Montag, 26.06.

Habe gestern den ganzen Tag geputzt, gewaschen und gebügelt. Hatte eigentlich keine Lust dazu, wie sonst auch, aber es war einfach fällig. Zwischendurch haben meine Eltern angerufen und mir erzählt, sie hätten eine irre Hitzewelle in Spanien und könnten das Haus nicht mehr verlassen, ja, noch nicht einmal das einzige Zimmer mit Klimaanlage. Da scheiß ich auf Spanien! Sie sagen, sie beten stundenlang um Abkühlung, und wenn das jetzt nicht besser wird, müssten sie zu mir kommen. Habe anschließend ihre Gebete unterstützt.

Habe meinem Vater auch noch von meinem erfolgreichen Auftritt beim Sommerfest erzählt, und er war mächtig stolz auf mich. Er sagte, wenn ich so weitermache, sieht er mich schon bald auf den Bühnen von London und New York. Er hätte schon damals, als ich gerade drei war, deutlich erkennen können, was in mir steckt, wenn ich auf der marsgrünen Plastikposaune blies. Woraufhin er ja losgerannt ist, um mir ein professionelles Gebläse zu verpassen. Ja.

Übrigens, meine Kollegin mit dem Schichttausch hat mich angesprochen, dass sie ihre Beziehung nun beendet hat und wir gerne wieder normal arbeiten könnten. Das kann sie vergessen. Die Nächte im Vogelnest gehören mir!

Sonntag, 02.07.

Hannes, du glaubst nicht, was heute passiert ist. Heute Morgen hat die Nele bei mir angerufen und gesagt, sie wäre hier ganz in der Nähe, weil sie bei 'ner Freundin übernachtet hat. Die sei nun zu ihren Eltern gefahren, und jetzt hat die Nele gemerkt, dass sie ihren Autoschlüssel in der Wohnung der Freundin vergessen hatte. Na ja, und nun wollte sie halt fragen, ob ich sie mit ins Krankenhaus nehmen könnte, wenn ich hinfahre. Eigentlich war ich eher genervt, hab mir dann aber 'nen Ruck gegeben und mir gesagt, wenn die Walrika schon auf der Zündapp gesessen hat, darf die Nele das auch. Immerhin kennen wir uns schon seit dem Kindergarten und sie ist deine Freundin. Also ist die Nele gekommen, und wir haben noch einen Kaffee zusammen getrunken. Danach sind wir los.

Mir ist schon nach ganz kurzer Zeit aufgefallen, dass die Redlich Iris hinter uns herfährt, und ich hab mir gedacht, das ist jetzt aber scheiße. Sie hat etliche Male aufgeblendet und ist immer haarscharf aufgefahren. Saudummerweise ist die Nele dann auch noch beim Absteigen auf dem Parkplatz gestrauchelt und direkt in meine Arme gefallen. Was vermutlich für einen Außenstehenden irgendwie komisch ausgesehen haben muss. Na, jedenfalls hab ich zur Nele gesagt, sie soll schon mal vorgehen und ich würde gleich nachkommen. Ich bin also schnurstracks auf das Auto von der Redlich zugegangen. Plötzlich hat sie den Rückwärtsgang reingehauen und ordentlich Gas gegeben. Dann ist sie wieder stehen geblieben und ich bin halt noch mal auf sie zu, bis sie abermals losfuhr. So ging das einige Male, bis ich schließlich die Schnauze vollhatte. Bin dann in Richtung Krankenhauseingang gegangen und hab mich noch nicht einmal mehr umgedreht. Zumindest nicht bis zu dem Zeitpunkt, wo ich die Reifen quietschen hörte. Und dann bin ich Zeuge geworden, wie die Psycho-Redlich mit Vollgas in meine heißgeliebte Zündapp fuhr. Die hat geknirscht und gequietscht und geknattert und beinahe glaubte ich, sie hat sogar gewimmert. Als ich zurückgerannt bin, hat die Redlich den Rückwärtsgang eingelegt und aus dem Autofenster gebrüllt: »Leck mich am Arsch.« Und weg war sie.

Als der Abschleppdienst kam, hab ich geweint. Und der Fahrer hatte vollstes Verständnis dafür. Ich bin dann zu dir rauf und hab die Nele gebeten, kurz im Gang zu warten, das hat sie auch gemacht. Ich hab dir die Geschichte erzählt, Hannes, und du hast gegrinst, jede Wette. Ja, wozu braucht man Feinde, wenn man solche Freunde hat?

Samstag, 08.07.

Hallo Hannes,
bin leider die ganze Woche nicht dazu gekommen, dir zu schreiben, und war auch immer nur kurz bei dir. Habe aber alles nachgeholt, zumindest, was die Besuche angeht, habe heute den ganzen Tag bei dir verbracht. Wir waren lange alleine, zumindest sind deine Eltern bald gegangen, als ich kam, und sind auch erst am späten Abend zurückgekommen. Die Nele und der Kalle waren auch kurz da. Der Kalle hat in einem dümmlichen Lachanfall die Geschichte mit meiner Zündapp noch mal zum Besten geben wollen, da hab ich ihn leider rausschmeißen müssen. Natürlich ist die Nele mit ihm abgezogen.

Also waren wir beide allein und ich hab dir die Sportberichte vorgelesen. Meinen Brief leider nicht, den hatte ich zu Hause vergessen. Es hat heute den ganzen Tag geregnet, und das ließ meine Stimmung nicht grad steigen. Ich war sauer wegen der Zündapp, wegen der Nele, wegen dem Kalle, und was weiß ich noch alles. Jedenfalls hab ich irgendwann angefangen, dich zusammenzuscheißen. Dass du nun endlich mal aufwachen sollst und so, und dass ich mir hier 'nen Wolf rede für nix und wieder nix. Dabei muss ich wohl sehr laut gewesen sein, weil nämlich eine Schwester reinkam und gesagt hat: »Sie müssen schon nett mit ihm sprechen, anschreien hilft da gar nichts. Sonst zieht er sich nur noch mehr zurück.«

Ich hab dann statt deiner die Schwester angeschrien, dass sie einen Scheißdreck daherredet und woher sie glaubt, dass du dich zurückziehen würdest. »Mehr zurück geht doch gar nicht, Sie dumme Kuh!«, hab ich geschrien.

Das wiederum hat mir postwendend einen Besuch beim Klaus Schnauzbart eingebracht. Der war sehr nett und verständnisvoll und hat mir schließlich klargemacht, dass jetzt Schluss ist. »Wir tun hier, was wir können, Uli«, hat er gesagt. »Aber wir können nicht zaubern. Dass der Hannes so daliegt, ist nicht unsere Schuld, sondern seine. Und ich erlaube es nicht, nicht jetzt und niemals, dass Sie meine Belegschaft anbrüllen, haben Sie verstanden? Die alle arbeiten sehr hart, ganz besonders bei Komapatienten, und für sehr wenig Geld. Da dürfte ein bisschen Respekt doch schon angebracht sein, meinen Sie nicht?«

Ich hab ihm dann gesagt, dass mich das einen Scheißdreck interessiert, wie viel die arbeiten und was sie dafür kriegen, ich hab nur das Gefühl, sie arbeiten deutlich zu langsam. Sonst wär der Komapatient nämlich längst wieder fit, hab ich noch gebrüllt, und bin weg. Ich bin noch mal kurz zu dir rein und hab dir die Geschichte erzählt, du hast aber naturgemäß nicht reagiert.

Na ja. Jedenfalls war diese Woche ganz schön heftig. Hatte viel zu tun wegen der Zündapp und so. Die Redlich hat mir am Montag ihre Versicherungskarte in die Hand gedrückt und gesagt: »Vorholzner«, hat sie gesagt. »Es tut mir unglaublich leid, dass ich auf dem Krankenhausparkplatz den falschen Gang eingelegt und versehentlich Ihr kostbares Motorrad demoliert hab. Hier ist meine Karte, regeln Sie das mit der Versicherung, die wissen schon Bescheid«, sprach's, drehte sich um und war weg. Vermutlich war das der endgültige Untergang der Mittagsquickies und mein Schlaf ist mir wieder sicher. Fahr jetzt wieder mit dem Radl zur Arbeit und nehme es sicherheitshalber mit ins Treppenhaus. Man kann ja nie wissen.

Habe auch ziemlich viel Zeit in der Werkstatt verbracht, einfach um zu sehen, wie's vorangeht mit den Reparaturarbeiten. Der Mechaniker hat gesagt, dass das keine einfache Sache wird. Allein die Ersatzteile für den alten Hobel müsse er aus ganz Deutschland zusammenholen. Aber er hat auch gesagt, dass sie natürlich ein echtes Schmuckstück ist und dass es ihm eine Ehre sei, eine altehrwürdige Zündapp wieder zusammenzuflicken. Meinem Vater hab ich übrigens nichts gesagt von der Sache. Als er mir damals die Maschine geschenkt hat, sagte er mit schwitzigen Augen: »Die hat mich zum Abi gefahren und an das Sterbebett deines Großvaters. Damit hab ich deine Mutter aufgerissen und dich zum ersten Schultag gebracht. Pass gut auf sie auf, mein Junge, sie ist ein Familienmitglied.« Der hätte nun so gar kein Verständnis, dass eine frustrierte Psychologin all ihren Groll an einem unserer Familienmitglieder ausgelassen hat, nur um ja nichts in sich reinfressen zu müssen.

Ach ja, und die Walrika hat mir auf dem Balkon erzählt, dass der Besuch vom Herrn Stemmerle wohl ganz gut gelaufen sei.

Er war über eine Stunde bei seiner Mutter im Zimmer und hat beim Abschied gesagt: »Bis zum nächsten Mal.«

Übrigens häkelt die Frau Stemmerle nun Patchworkdecken in bunten Farben und hat auch schon einige Insassen angesteckt. Außerdem regnet es immer noch, meine Stimmung ist keinen Deut besser als zuvor, und eben hat auch noch der Brenninger angerufen. Es muss dort jetzt frühester Morgen sein, und das Gespräch hat mich im wahrsten Sinne angelallt. Um jetzt hier nicht in Depressionen zu verfallen, werd ich mal ins Sullivan's rübergehen, in der Hoffnung, der Rick ist dort und hat Lust auf ein Bier. Bis bald, mein Freund.

Mittwoch, 12.07.

Sitze hier im Vogelnest und schlage mir die Nacht um die Ohren. Heute war ich vor der Schicht bei dir, kam gerade dazu, als dir deine Mutter die Fuß- und die Nele die Fingernägel geschnitten haben. War irgendwie komisch. Hab dann beim Rausgehen den Rick unten getroffen, der lungerte vorm Krankenhaus rum mit Sonnenbrille und Vollbart, biss an seinen Fingernägeln und hat drauf gewartet, dass ihn irgendwer mit hoch nimmt. Ich war grade dabei, diese Aufgabe zu übernehmen und dadurch wieder einmal zu spät zur Arbeit zu kommen, als der Klaus Schnauzbart erschien. Der kam nämlich grade dazu, als ich sagte: »Ja, dann komm schon, aber beeil dich, weil ich zur Schicht muss.« Da ist der Schnauzbart zu uns hergekommen und hat gesagt: »Lassen Sie mal, Uli. Ich bring Ihren Freund schon hinauf zu seinem Freund«, hat den Rick untergehakt und so sind sie einträchtig nebeneinander ins Krankenhaus marschiert, die zwei Bärte. Mensch, der Rick wird sich freuen, wenn er sich jetzt wieder rasieren kann. Sonst ist eigentlich nix passiert. Werde am Wochenende mal zum Baggersee rausfahren, die Wassertemperatur ist jetzt perfekt.

Montag, 17.07.

Jetzt ist alles ganz anders. Es ist kurz vor halb eins in der Nacht und ich sitze hier in der Küche des Vogelnestes und schreibe dir diese Zeilen, mein Freund. Obwohl mir das Herz schwer ist und ich kaum weiß, wie ich klar denken soll. Aber alles der Reihe nach. Habe gestern schön ausgeschlafen, geduscht, gefrühstückt und ein wenig in den Tag hineingetrödelt. Da war auch noch alles in Ordnung. Am späten Nachmittag bin ich ins Krankenhaus gefahren, und da habe ich schon im Korridor gemerkt, dass etwas nicht stimmt. Deine Mutter stand dort und hat geweint, und der Dr. Schnauzbart hatte die Hand auf ihrem Arm liegen. Beide haben kein Wort gesprochen. Ich bin hingerannt und hab gefragt, was zum Henker denn los ist. Als ich deine Zimmertür aufmachen wollte, hat mich der Schnauzbart am Arm gepackt und gesagt, es ginge jetzt nicht, dass ich da reingeh. Ich hab gesagt, das werden wir ja sehen, ob das geht, und habe am Türgriff gezerrt. Aber die verdammte Tür war nicht zu öffnen. Als ich dann durch das kleine Fenster lugte, sah ich, dass der ganze Raum eingenebelt war und eine Maschine immer neuen Dunst erzeugte, der genau auf dein Gesicht gerichtet war.

Der Schnauzbart hat gesagt, dass bei dir nun eine schwere Lungenentzündung dazugekommen ist und dass niemand zu dir reindarf, um dich nicht durch Keime oder so was in noch größere Gefahr zu bringen. Er hat gesagt, die Situation sei ernst wie nie, und dass er nicht wisse, ob du die Nacht überlebst. Deine Mutter stand da und hat geweint. Der Schnauzbart stand da und hat sie getröstet. Und ich stand da, gaffte durchs Fenster und sah den Nebelschwaden nach, die sich an der Decke fingen. Das war, wie gesagt, gestern Abend. So genau weiß ich eigentlich nicht, was weiter passiert ist. Kann mich nicht wirklich daran erinnern.

Irgendwie ist aber unser ganzes Leben an meinem geistigen Auge vorbeigezogen. Genau so, wie man es manchmal hört von Menschen, die kurzzeitig schon klinisch tot waren. Genau so ist es bei mir gewesen, Hannes. Ich hab mich an jede Episode aus unserer gemeinsamen Vergangenheit erinnern müssen. Selbst an völlig unwichtige Kleinigkeiten. Alles ist mir durch den Kopf gegangen, völlig unkontrolliert, und ich kann noch nicht einmal genau sagen, wie lange das alles gedauert hat. Ganz dunkel entsinn ich mich, dass immer und immer wieder ein schrilles Piepsen aus deinem Zimmer ertönte und der Schnauzbart samt Eskorte, eingehüllt in grünes Plastik, zu dir rein ist. Und ich kann mich dran erinnern, dass ich durchs Fenster hindurch dem Nebel hinterhergeschaut hab; den milchigen Schwaden, wie sie in Zeitlupe nach oben zogen und – langsam die Form verändernd – schließlich in der Zimmerdecke verschwunden sind. Dich, Hannes, hab ich nicht gesehen, der Nebel hat dich komplett verdeckt, quasi aufgefressen mit Haut und Haaren und all deinen Schläuchen. Ob ich was gegessen hab oder auf dem Klo war, kann ich nicht sagen. Ich kann mir auch kaum erklären, wie ich an dem kleinen Fenster so viele Stunden gestanden habe.

Das Nächste jedenfalls, was wieder in meiner Realität geschah, war heute Abend. Es war heute Abend, so um acht, als die Walrika mich am Ärmel gezerrt hat und mich ansprach. Sie hat mich bei Beginn der Nachtschicht vermisst, dann bei mir zu Hause angerufen und schließlich den einzig richtigen Rückschluss gezogen, dass ich bei dir sein musste. Mit einem miesen Trick hat sie mich dort weggeholt, indem sie mir gesagt hat, ich werde im Vogelnest dringend gebraucht. Und zwar mehr als von dir, Hannes. Denn du seist dort sowieso in den allerbesten Händen und ich könne jetzt gar nix tun. Für die Leute im Vogelnest aber könnte ich sehr wohl etwas tun, und zwar sofort.

Als wir hier angekommen sind, hat sie mir Brote geschmiert und Milchtee gekocht. Und ich habe ihr unser Leben erzählt, mein Freund. Sie war tapfer. Obwohl ihr schon bald die Augen schwer wurden (sie steht morgens immer um vier Uhr auf, wegen dem Beten), hat sie sich all unsere Geschichten angehört, die guten wie die schlechten. Einige Male hat sie gelacht, ab und zu: »Um Gottes willen!« gesagt, ziemlich entrüstet sogar. Aber sie hat mich erzählen lassen. Vor einigen Augenblicken erst ist sie ins Bett gegangen und hat mir zuvor beide Hände fest gedrückt. Nun sitz ich hier und schreib. Ich habe vorher im Krankenhaus angerufen, und als ich endlich die richtige Schwester dran hatte, die mir hätte sagen können, wie es dir geht, hab ich aufgelegt. Ich hab eine solche Angst, Hannes. Ich kann jetzt nicht weiterschreiben, mein Freund, bin müde, meine Hände zittern und meine Augenlider auch. Ich werde nun ein wenig durch die Gänge wandern, um gegen die Angst und den Schlaf anzukämpfen.

Mittwoch, 26.07.

Hallo Hannes,
es ist jetzt fast eine Woche her, dass ich dir geschrieben habe. Es wäre mir zuvor nicht möglich gewesen, keine einzige Zeile. Es geht dir seit heute wieder etwas besser, die Nebelmaschine ist weg und der Schnauzbart sagt, du seist »aus dem Gröbsten raus«.

Ich habe vor ein paar Tagen meinen alten Kassettenrekorder vom Dachboden geholt, den mir mein Vater damals geschenkt hat. Er hatte gesagt, damit kann ich mein Posaunenspiel aufnehmen und anschließend anhören und somit möglicherweise perfektionieren. Eigentlich hat mir zuvor immer alles ganz gut gefallen, was ich da so spielte. Bis ich es mir dann halt angehört hab. Na, jedenfalls haben wir eben alle der Reihe nach auf die Kassette gesprochen, der Kalle, die Nele, der Rick und ich. Und der Schnauzbart hat den Rekorder dann steril verpackt und dir ins Zimmer gestellt. Ich glaube ja jetzt nicht, dass unsere Stimmen die Verbesserung bei dir ausgelöst haben. Geschadet haben sie aber offensichtlich auch nicht.

Deine Eltern waren die Einzigen, die in der letzten Zeit zu dir rein durften. Sie waren auch steril verpackt und dein Vater sah aus wie ein Michelinmännchen. Deine Mutter hat wieder viel geweint und die ganzen positiven Gedanken von Herrn Professor Schlag-mich-tot waren dahin. Aber wie gesagt, es geht wieder bergauf, und der Schnauzbart hat gesagt, wenn die Tendenz so bleibt, dürfen wir Ende nächster Woche wieder zu dir rein. Bis dahin muss eben der Kassettenrekorder seine Pflicht erfüllen.

Der Brenninger hat auch jeden Tag angerufen (dem hab ich natürlich erzählt von deiner Lungenentzündung), und es hat nun wenigstens den Vorteil, dass er jetzt zumindest nüchtern ist, wenn er mich anruft. Vom Brenninger und vom Michel soll ich dir natürlich auch ganz viele Grüße und gute Wünsche sagen, was ich dir auf den Kassettenrekorder gesprochen hab. Wenn ich so durch das kleine Fenster in deiner Zimmertür geschaut hab und du bist dagelegen in all deinen Nebelschwaden und im Hintergrund waren unsere Stimmen zu hören, das hatte schon was Gruseliges, mein Freund. Aber jetzt geht's wieder bergauf, noch ein paar Tage vielleicht, und dann hock ich wieder auf deiner Bettkante. Gott sei Dank.

Vor ein paar Tagen hat der Versicherungsfuzzi von der Redlich angerufen und gefragt, was bei der Reparatur der alten Kiste denn eigentlich so teuer sei. Ob ich das Teil etwa vergolden hab lassen. Er hat gesagt, ihm liegt nun die Rechnung vor, und da hätte man gut und gerne 'ne neue Maschine haben können für das Geld. Ich hab dann zur Redlich gesagt, sie soll das jetzt sofort klären, sonst werd ich echt böse. Zwei Tage später konnte ich die Zündapp aus der Werkstatt holen und was soll ich dir sagen – sie ist fantastisch, Hannes. Schöner denn je und fährt wie geschmiert. Ein Familienmitglied von allerhöchstem Rang eben.

Sonst gibt's eigentlich nix Neues, ich war aber auch nicht sehr aufmerksam, was die Außenwelt angeht. Und so hör ich auf für heute, muss auch gleich zur Arbeit und davor noch meinen Vater anrufen, der hat nämlich heute Geburtstag. Werde ihm ein Ständchen durchs Telefon posaunen. Bis morgen, Hannes.

Donnerstag, 27.07.

Mein Freund. Was ich dir jetzt schreibe, werde ich dir nicht sagen können, weil ich es versprochen habe. Niederschreiben muss ich es aber trotzdem oder gerade. War heute beim Frisör und hab da die Kiermeier Sonja getroffen. Wir haben ein bisschen geplaudert von ihrem Medizinstudium, sie hat erzählt, dass sie jetzt nebenbei bei einem Frauenarzt jobbt, um ihre Kasse aufzubessern. Natürlich hat sie auch wissen wollen, wie's dir geht. Irgendwann sind wir dann auf die Nele zu sprechen gekommen, und die Sonja hat gesagt, dass sie die Nele eben beim besagten Frauenarzt getroffen hat. Sie hat gesagt, dass ihr die Nele so unheimlich leidtut, gerade jetzt, wo sie auch noch schwanger ist! Ich hab geglaubt, ich fall vom Frisierstuhl. Ihr ist das nur so rausgerutscht und sie hat's auch gleich gemerkt, hat mich dann am Kragen gefasst, zu sich rübergezogen und gezischt, wenn ich das irgendjemandem sagen würde, wär ich tot. Hab dann eben versprochen, ewiges Stillschweigen zu bewahren. Was wiederum egal ist, weil in spätestens neun Monaten das Ding ja amtlich ist.

Mensch, Hannes, weißt du, was das heißt? Die Nele ist schwanger von irgend so 'nem Kerl, womöglich dem Kalle, und hockt bei dir auf der Bettkante und hält deine Hand. Das ist unglaublich. Ich hab natürlich auch überlegt, ob du der Vater sein könntest, aber mein Freund, das ist leider ausgeschlossen. Du bist jetzt seit fast sechs Monaten für sexuelle Maßnahmen völlig unbrauchbar, und die Nele hat noch nicht mal ein winziges Bäuchlein. Wärst du also beteiligt an der Schwangerschaft, würde man doch längst schon was sehen müssen. Oder zumindest fühlen. Aber als ich sie neulich auf der Maschine mitgenommen habe, war ihr Bauch so flach wie ein Waschbrett. Ich hab das den ganzen Tag über nicht aus meinem Kopf bekommen und hab es auch gelassen, ins Krankenhaus zu fahren, weil ich einer Begegnung mit dem Weib aus dem Weg gehen wollte. Aus dem Weg gehen musste! Ich weiß nicht, was ich gesagt oder getan hätte, wenn ich ihr begegnet wär. Aber sicherlich nichts, worauf ich später stolz gewesen wäre. Ich hab ständig das Bild vor Augen, wie sich die Nele mit irgendeinem Typen ohne Gesicht auf deinem Krankenbett räkelt. Es ist widerlich. Jetzt ist es gleich halb drei und ich muss meine Runde drehen, weiß eh nicht mehr, was ich noch schreiben könnte, weil ich das Scheißbild nicht aus dem Schädel krieg. Werde gesund, Herrgott, Hannes. Werde endlich gesund!

Sonntag, 30.07.

Ich schreibe dir hier vom Starnberger See. Dass ich hier bin, ist die Schuld von Walrika. Sie hat sich das schön ausgedacht. Sie hat mich am Freitagmorgen angesprochen, grad als ich auf die Semmel von der Frau Stemmerle den Frischkäse gestrichen hab. Sie hat sich zu uns hergesetzt und gesagt, sie und die Frau Stemmerle hätten miteinander geredet und nun eine Bitte an mich. Dann sind sie damit rausgerückt, dass ich zur alten Villa fahren und den Florian mitnehmen soll. Der Florian soll sich ein bisschen um den Garten kümmern und ich mich ums Haus. Das wär schon lange überfällig. Die Walrika hat gesagt, sie hätte auch schon eine Putzhilfe organisiert, und die käme am Montag und würde uns zur Hand gehen.

Ich brauch das auch nicht umsonst zu machen, die Frau Stemmerle würde gut bezahlen. Es wäre nun eh an der Zeit, meinen Urlaub zu nehmen, und so würde alles wunderbar passen. Mit dem Florian hätte sie auch schon gesprochen, und der wäre froh, weil der Garten im Vogelnest momentan sowieso keine Arbeit abwirft. Sie hat alles haarklein geplant mit ihren Komplizen, und sie denkt wirklich, ich würde das nicht durchschauen. Ich würde nicht merken, dass sie mich nur wegbringen will von zu Hause. Auf andere Gedanken bringen eben. Ich hab ihr natürlich nicht gesagt, dass ich ihren billigen Trick durchschaut hab. Ich möcht sie ja nicht verletzen und kann ihr sowieso keinen Wunsch abschlagen, dieser kleinen dicken Frau in ihrer schwarzen Kutte.

Bin noch kurz ins Krankenhaus gefahren und hab den Schnauzbart gebeten, dass er mich unbedingt anrufen muss, wenn's was Neues gibt. Und er hat gesagt, vor Ende der Woche darf ohnehin keiner rein zu dir. Hab ihm dann noch 'ne Kassette gegeben und gesagt, sie ist voll, er soll sie gut einteilen, jeden Tag ein paar Minuten. Er wird das delegieren.

Also hab ich mir den Florian an den Hintern geklebt und bin mit ihm auf der Maschine hier an den See gefahren. Da wir jeder einen ziemlich großen Rucksack dabeihatten, war die Fahrt sehr unbequem, aber nun sind wir eben da. Der Florian ist gleich in den Garten raus, und dort werkelt er seit Stunden, und ich hab uns derweil eine Ecke entstaubt, in der wir schlafen können. Habe auf dem Weg hierher eine kleine Pizzeria gesehen, da werden wir zu Abend essen. Was ungeheuer spannend wird, weil ich mit einiger Wahrscheinlichkeit den Alleinunterhalter abgeben muss.

Donnerstag, 03.08.

Kaum zu glauben, dass ich erst heute die Gelegenheit finde, dir wieder zu schreiben, mein Freund. Aber die Zeit vergeht hier wie im Fluge. Was zum einen daran liegt, dass wir echt viel zu tun haben, das Haus ist ja seit Jahren verwaist. Zum anderen liegt es daran, dass ich auch sehr viel schlafe. Ich schlafe hier wie ein Murmeltier, und das nicht nur nachts, nein, ein kleines Mittagsschläfchen in der Hängematte im Schatten der Bäume ist unumgänglich.

Wir haben zwei Frauen hier, die uns helfen. Sie heißen Marina und Zina, sind Mutter und Tochter und richtig klasse. Die beiden stammen aus Kroatien, sind ohne männlichen Anhang, und die Zina, glaub ich, hat ein Auge auf den Flori geworfen. Jedenfalls spekulieren ihre Mutter und ich heimlich darüber und amüsieren uns großartig. Wir haben hier ziemlich viel geschafft, der Flori hat den Garten fest im Griff. Er redet zwar immer noch nicht viel, aber doch ein bisschen, weil er halt manchmal 'ne Frage hat oder so. Nach dem Abendessen fahren die zwei Damen dann nach München zurück, und der Flori und ich trinken ein kühles Bier am Ufer unten. Er hat in einem der Gartenhäuschen (insgesamt sind es drei) einen alten Kahn entdeckt und zum See runtergebracht. Der hat kaum noch Farbe und ist wahrscheinlich auch nicht mehr seetauglich, aber für unsere Zwecke ideal. Den haben wir uns an den Strand gestellt, hocken auf den Sitzbrettern und trinken Bier. Die Wellen klatschen ruhig und gleichmäßig ans Land, die Luft ist gut und der See beruhigt mich. Mir ist dann eigentlich auch nicht zum Reden. Wir ergänzen uns hervorragend, der Flori und ich. Heute ist unser letzter

Abend hier, morgen fahren wir zurück. Und ich bin froh und glaub mittlerweile, dass der Plan von der Walrika schon Sinn gemacht hat. Sie hat ja quasi ein Dutzend Fliegen mit einer Klappe erschlagen. Na ja. Werde jetzt mit dem Flori noch ein Bier trinken und anschließend ins Bett fallen. Aber morgen komme ich als Allererstes zu dir, mein Freund.

Sonntag, 06.08.

Hallo Hannes,
bin nun also wieder zu Hause und durfte heute tatsächlich nach drei langen Wochen zu dir rein. Ich hab mich so gefreut. Der Schnauzbart hat gesagt, ich kann jetzt rein, aber nur kurz und ich soll dich nicht gleich zutexten. Alles Schritt für Schritt, und dass du deine Ruhe brauchst. Also bin ich auf deiner Bettkante gesessen und hab nix gesagt. Oder zumindest nicht viel, hab dich einfach nur angeschaut und deine Hände massiert. Der Schnauzbart hat gesagt, das wird jetzt jeden Tag besser und ich soll Geduld haben. Geduld, immer und immer wieder. Na ja. Jedenfalls kann ich jetzt endlich wieder zu dir rein, und das rettet mein Leben, glaub mir.

War natürlich am Freitag noch kurz im Vogelnest, um den Flori dort abzuliefern, und hab dabei erfahren, dass er heute Geburtstag hat. Er ist jetzt also volljährig. Und das heißt auch, dass er nun selber entscheiden kann, ob er dort bleiben will oder nicht. Bis zu seiner Volljährigkeit hatte das ja seine Großmutter festgelegt. Auch über ihren Tod hinaus. Sie hat bestimmt, dass der Junge ins Vogelnest kommt, wenn sie nicht mehr für ihn sorgen kann, und dass er dort bis zu seiner

Volljährigkeit bleibt. Auch das Finanzielle hatte sie sorgsam geregelt. Bin nun gespannt, was er tun wird, der Flori. Ach ja, die Redlich hab ich auch kurz gesehen, die riecht wieder nach Wildrosenessig. Wir siezen uns wieder und die Stimmung ist frostig. Übrigens ist sie zurück zu ihrem Lebensabschnittsgefährten, um weiterhin an den Gemeinsamkeiten zu arbeiten. Na ja. Meine Eltern haben heute Morgen angerufen und gesagt, die Hitzewelle ist vorbei. Gott hat meine Gebete erhört.

Sonntag, 13.08.

Habe die ganze Woche nix geschrieben, war aber jeden Tag bei dir. Mittlerweile bist du so stabil, dass ich dir sogar die Sportberichte wieder vorlesen kann. Das machst du großartig, Hannes. Der Schnauzbart ist auch sehr zufrieden mit dir, er sagt, wir sind jetzt auf dem Stand wie vor deiner Lungenentzündung. Darüber bin ich sehr froh und hoffe, dass es so bleibt. Du siehst, meine Wünsche haben sich der Situation angepasst. Bin einige Male auf den Kalle und die Nele gestoßen, konnte mich aber jedes Mal gut aus der Affäre ziehen. Hab einfach überhaupt keinen Bock auf die beiden, verstehst du das? Bei der Nele kann man jetzt übrigens ganz klar die Schwangerschaft erkennen. Ich frage mich, ob man das schon früher konnte und ich es einfach nicht sehen wollte. Jedenfalls spaziert der Kalle mit der schwangeren Nele nun herum, als sei das die normalste Sache der Welt. Egal.

Der Flori hat übrigens gesagt, er wisse noch gar nicht, was er jetzt machen will, und hat die Frau Stemmerle gebeten, noch ein oder zwei Wochen am Starnberger See verbringen zu dürfen, um sich Gedanken über seine Zukunft zu machen. Die Frau Stemmerle hat natürlich Ja gesagt, und so hab ich den Flori dann gestern wieder dort hingefahren.

Sonst ist eigentlich nix passiert, ach, doch, eins vielleicht noch. Hab die Walrika und die Frau Stemmerle gestern ins Theater gefahren und danach wieder abgeholt, was ja ohnehin schon klasse ist, weil die Frau Stemmerle langsam wieder Lust kriegt am Leben, verstehst du. Was aber richtig klasse war: Ich hab die zwei Mädels in unserem alten Sanka hingefahren. Das war mal 'ne Spende vom Malteser Hilfsdienst. Ein alter VW-Bus eben, und die beiden saßen hinten drin auf der Trage, die Walrika in der Kutte und die Frau Stemmerle im Abendkleid, und so sind wir vors Theater gefahren. Ich hab dann hinten die Luke aufgemacht und die beiden sind ausgestiegen. Die Leute, die vorm Theater standen, haben ziemlich verdutzt geschaut, besonders als die Frau Stemmerle nach einem Blick in die Zuschauer einen Knicks gemacht hat. Da haben sie applaudiert, Hannes. Und zwar viel mehr als später bei der Vorstellung, hat die Walrika gesagt. Klasse, oder?

Mittwoch, 16.08.

Heute hat mich der Kalle abgepasst. Als ich aus dem Krankenhaus raus bin (hab den Nachmittag bei dir verbracht), ist er vor der Pforte rumgelungert und hat mich abgepasst. Da gab's kein Zurück mehr. Er hat auf einem Gespräch bestanden. Wir sind dann durch den Park, es hat in Strömen geregnet und keiner von uns hatte 'nen Schirm dabei. Irgendwann sind wir auf einer Parkbank gesessen, die beschirmten Passanten haben uns dämlich angeglotzt und uns ist das Wasser runter an sämtlichen Körperstellen, das kannst du dir nicht vorstellen. Na ja.

Jedenfalls hat mich der Kalle eben gefragt, warum ich ihm aus dem Weg gehe und der Nele auch. Ich hab zuerst rumgedruckst, weil ich nicht recht wusste, wie ich das Thema angehen soll. Schließlich hab ich ihm auf den Kopf zugesagt, dass ich vermute, dass er der Vater von Neles Kind ist. Er hat überhaupt nicht rumgedruckst, sondern hat mir klipp und klar gesagt, dass das durchaus im Bereich des Möglichen liegt. Als ich ihm dann eine reinhauen wollte, hat er meine Hand zu fassen gekriegt und gesagt, ich solle ihm erst mal zuhören. Das hab ich dann auch getan, obwohl es mir zuwider war. Aber wo ich nun schon mal auf einer eiskalten Parkbank in feuchten Tüchern saß, dachte ich mir, ist es eh schon wurst. Also hab ich den Kalle reden lassen. Und er hat erzählt, dass er nicht wisse, ob er der Vater des Kindes ist, oder du, Hannes. Die Nele ist nun im sechsten Monat schwanger, und dass ihr Bauch so klein ist, ist bei einer Erstgebärenden keine Seltenheit, hat er gesagt. Die Nele hatte wohl kurz vor deinem Unfall mit dir geschlafen und kurz danach mit dem Kalle. Und das mit dem Kalle hat er mir dann so erklärt: Die Nele sei völlig fertig gewesen, als sie das von deinem verdammten Unfall erfahren hat. Sie ist sofort zu dir ins Krankenhaus und hat dich besucht. Danach war sie noch viel fertiger, und der Kalle hat sie nach Hause gebracht. Dort hat er sie getröstet, die ganze Nacht lang. Und zwar so intensiv, dass er nun eben der mögliche Vater des Kindes ist. Das wird ein Test klären, hat er gesagt. Außerdem hatte er ja nie vor, mit der Nele zu schlafen, das hat sich einfach so ergeben, und das tut ihm auch leid. Ich dagegen hatte schon vor, ihm eine reinzuhauen. Und das hab ich auch getan, und es tut mir überhaupt nicht leid.

Samstag, 19.08.

War gestern mit dem Rick auf ein paar Bier im Sullivan's. (Er trägt übrigens immer noch diesen unsäglichen Vollbart!) Irgendwie und notgedrungen ist dann das Gespräch auf die Nele und den Kalle gekommen. Ich hab von dem Gespräch, das ich mit dem Kalle im Park hatte, kein Wort gesagt, war aber auch nicht nötig. Der Rick hat es lange schon vor mir gewusst. Das hat mich einigermaßen überrascht. Mir scheint, ein jeder um mich rum weiß Bescheid und verhindert mit Inbrunst, dass ich davon Wind bekomm. Egal. Hab jedenfalls gesagt, dass ich es ziemlich beschissen finde von der Nele, wo ihr beide doch schon fast zwei Jahre lang ein Paar seid. Und dass ich es noch viel beschissener vom Kalle finde, wo er doch seit hundert Jahren dein Freund ist. Da hat der Rick gesagt, ich soll mich nun mal nicht so aufspielen und lieber mein blödes Maul halten. Ich wäre schließlich auch kein Musterknabe. Was ich aber auch nie behauptet hab. Dann hat er gesagt, er hätte es auch ziemlich beschissen gefunden damals auf seiner Silvesterparty, dass ich seine Mutter gevögelt hab. Zuerst hab ich gar nicht gewusst, was ich sagen soll. »Ja«, hat er gesagt, »da staunst du, was? Hast nicht gedacht, dass davon einer weiß, oder? Hätte vermutlich auch nie jemand mitgekriegt. Aber zufällig musste ich genau zu der Zeit zum Kotzen, wo das Klo belegt war. Und bin halt raus in den Garten. Und hab euch zwei gesehen, Uli. Dich und meine Mutter. Auf dem Gartentisch in der Laube. Unfassbar. Anschließend bist du wieder reingekommen und hast mit meinem Vater Ananasbowle getrunken. Das ist edel, mein Freund!«

Dann ist er aufgestanden und gegangen. Hat noch nicht einmal sein Bier ausgetrunken. Bezahlt hat er es schon und meines auch und hat mir damit noch den Rest gegeben.

Montag, 21.08.

Hallo Hannes,
hab ein ziemlich beschissenes Wochenende hinter mir und sitze jetzt im Vogelnest und versuche, dir zu schreiben. Es ist unglaublich warm heute. War gestern zweimal bei dir. Beim ersten Mal saßen der Kalle und die Nele auf deiner Bettkante und beim zweiten Mal der Rick samt Vollbart. Hab jedes Mal durch das kleine Fenster geguckt und mir die Nebelschwaden zurückgewünscht. Leider war es mir nicht möglich, zu dir reinzugehen, da ich keinen Bock hatte, auf keinen von denen. Bin also jedes Mal wieder umgekehrt und hab mich meinem Selbstmitleid ergeben. Hätte so dringend mit dir reden müssen, aber wie gesagt, du warst besetzt.

War aber heute vor der Schicht bei dir, und das hat auch geklappt. Als ich ins Krankenhaus rein bin, habe ich deine Mutter gesehen in der Anmeldung an der Pforte. Hab im Vorbeigehen mitgekriegt, dass sie sich zu einem Schwangerschaftsgymnastikkurs angemeldet hat. Bin kurz hinter so 'nem Pfosten stehen geblieben und hab zugegebenermaßen etwas gelauscht, weil es mich halt schon sehr interessiert hat.

Und hab dabei mitbekommen, dass sie die Nele, den Kalle und sich selbst für diesen Kurs eingetragen hat. Es fällt mir nicht leicht, mir vorzustellen, wie der Kalle mit der Nele und deiner Mutter gemeinsam nun künftig auf dem Boden liegt und Hechel- und Pressübungen macht. Ganz abgesehen davon, dass es deine Mutter wohl ganz normal findet, dass der Kalle womöglich der Vater des Kindes deiner Freundin ist. Unglaublich.

Als sie später zu dir rein ist, bin ich sofort gegangen. Du siehst, mein Freund, die Menschen, denen ich aus dem Weg zu gehen versuche, vermehren sich täglich. Es ist ein Jammer. Na ja. Jedenfalls hat der Brenninger angerufen und gesagt, seine Zeit in Neuseeland ist jetzt vorbei, er kommt in einigen Tagen zurück. Er hätte Energie getankt, sich ausgiebig erholt und wäre zu neuen Schandtaten bereit. Außerdem hat er gesagt, sein Vater habe ihn angerufen und gesagt, wenn er seinen verdammten Arsch nicht sofort zurückschwingt, wird er den blöden Partyservice verkaufen und das Geld verjubeln. Na, das will der Brenninger schließlich am allerwenigsten. Also wird er die Tage heimkommen, den Partyservice retten und dich vermutlich besuchen.

Hier im Vogelnest ist eigentlich alles beim Alten. Die Insassen häkeln Patchworkdecken, manche basteln auch wieder, na, so sind sie wenigstens beschäftigt. Die Walrika hat mir auf dem Balkon gesagt, sie würde gerne einen kleinen Weihnachtsbasar machen, so Anfang Dezember. Da könne man ja die Decken verkaufen und die Basteleien auch, und so wäre die Wäschekammer wieder leerer und die Kasse voller. Ich soll mir mal ein paar Gedanken machen, weil das mit dem Sommerfest ja auch so schön geklappt hat. Im Moment ist mir aber gar nicht danach, an Weihnachten zu denken. Mal sehen. Ja, und der Florian ist immer noch am Starnberger See. Er telefoniert regelmäßig mit der Walrika und der Herr Stemmerle ist natürlich sonntags auch dort, und der hat gesagt, es ist alles in Ordnung. Ja, das war's erst mal, melde mich morgen wieder.

Mittwoch, 23.08.

Es ist unerträglich heiß die letzten Tage, zu heiß für Ende August. Die Insassen stöhnen selbst unter den Bäumen im Garten, und es wird auch in den Nächten nicht kühler. Ich sitz heut Abend hier auf dem kleinen Balkon, hab mir 'nen Stuhl rausgestellt, lass mich von den Mücken quälen und lausche dem Zirpen der Grillen. Alle paar Augenblicke wandert jemand durch den Korridor, weil er halt aufgrund der Hitze nicht schlafen kann, und so vergeht die Zeit recht schnell. Werde heute nach Schichtende noch kurz zum Baggersee rausfahren und hineinspringen, um ein wenig Abkühlung zu kriegen. Komme am Nachmittag noch kurz bei dir vorbei.

Freitag, 25.08.

Bin also vorgestern tatsächlich nach dem Frühstück zum Baggersee rausgefahren und ein paar Runden geschwommen. Das Wasser tat gut und der See war natürlich um diese Uhrzeit paradiesisch. Kein Mensch weit und breit, ein paar Schwäne, Sonnenaufgang und Vogelgesang, das war alles.

Hab mich anschließend noch ein bisschen bäuchlings in die Wiese gelegt, auf einem Strohhalm rumgebissen und aufs Wasser rausgeschaut. Das muss sehr entspannend gewesen sein, jedenfalls bin ich eingeschlafen. Ich kam erst wieder zu mir, als mir ein rotziger Knirps sein Sandförmchen an den Kopf geschmissen hat. Ich bin so erschrocken und wäre beinah an dem Strohhalm erstickt. Nachdem ich den Hustenanfall hinter mir hatte, hab ich mich auf den Weg gemacht. Leider war es mir nicht möglich, mein T-Shirt anzuziehen, da der Sonnenbrand, den ich mir eingefangen hatte, keinerlei Kontakt erlaubt hat. So bin ich also oben ohne mit der Maschine nach Hause gefahren. An jeder roten Ampel haben die Autofahrer ihr Fenster runtergelassen und vorgeschlagen, ich solle doch lieber ein Hemd anziehen, ich wär schon ganz rot. Das war echt klasse.

Die Walrika hat mir später im Vogelnest Quark draufgemacht, sie hat behauptet, das hilft. Jedenfalls waren die Schmerzen nur mit freiem Oberkörper zu ertragen, was die Insassen unheimlich gefreut hat. Ja, so ein Pfleger mit eingequarktem Rücken ist schon nix Alltägliches. Am nächsten Morgen waren die Blasen leider wachteleigroß und prall gefüllt. Die Walrika hat eine Nadel desinfiziert und mir alle der Reihe nach aufgestochen. Abgesehen von dem Schüttelfrost in der Nacht geht es mir jetzt aber besser und ich kann auch schon wieder feste Nahrung zu mir nehmen.

War heute vor der Schicht noch bei dir und habe das Komplettpaket abgekriegt: die Nele, den Kalle, deine Mutter und den Rick. Gott straft mich täglich. Dummerweise hat mich deine Mutter gesehen, als ich durch das kleine Fenster in der

Zimmertür gelugt hab, und dann gab's natürlich kein Entrinnen. Deine Mutter hat mir einen Stuhl zugewiesen (als wäre ich schon jemals bei dir auf einem Stuhl gesessen; aber das Fensterbrett und die Bettkanten waren bereits voll). Ich hab zu ihr gesagt, dass ich eigentlich lieber stehen würde wegen dem Sonnenbrand, weil ich mich eh nicht anlehnen könnte. Darauf hat die Nele gesagt, wie dämlich wohl jemand sein muss, heutzutage mit all dem Hautkrebs und so noch einen Sonnenbrand zu riskieren. Der Kalle hat genickt und der Rick hat in die Kastanie gestarrt. Deine Mutter hat gesagt: »Junge, lass mal sehen«, hat mir das T-Shirt hochgerafft und mit einem »Großer Gott!« die Unerträglichkeit dieser Situation noch deutlich gesteigert. Danach hat sie mir zig Tipps gegeben, was jetzt zu tun und künftig zu vermeiden wäre. Als sie endlich mit dem Thema durch war, hat sie auf die Uhr geguckt und verkündet: »Kinder, wir müssen zur Schwangerschaftsgymnastik!«

Die Nele und der Kalle haben sich von der Bettkante erhoben und sind ihr gefolgt. Ich fass es nicht. Der Rick hat durch das Fenster gestarrt, vollbärtig und trotzig, und ich hatte endlich genug für heute und bin weg.

Habe im Schwesternzimmer nachgefragt, ob sie was gegen Sonnenbrand hätten. Die Schwester hat gefragt, wie zum Teufel heutzutage jemand so dämlich sein kann, sich einen Sonnenbrand einzufangen im Zeitalter des Hautkrebses. Sie hat sich dann meinen Rücken angeschaut und angesichts der vielen Blasen den Schnauzbart informiert. Sie hat am Telefon gesagt: »Das müssen Sie sich anschauen, Herr Professor, das sind mindestens Verbrennungen zweiten Grades.«

Der Schnauzbart ist gekommen, hat meinen Rücken begutachtet und wollte wissen, wie jemand so dämlich sein kann, heutzutage, wo der Hautkrebs dermaßen auf dem Vormarsch ist, seinen Körper den aggressiven UV-Strahlen auszusetzen. Na ja. Immerhin hab ich noch ’ne Tinktur gekriegt.

Im Foyer unten bin ich zu guter Letzt noch auf deinen Vater gestoßen, und der hat mich gefragt, ob ich weiß, wo deine Mutter steckt. Hab zuerst gar nicht gewusst, was ich sagen soll, und hab halt gesagt, dass sie zur Schwangerschaftsgymnastik ist. Vermutlich hab ich etwas angewidert geschaut. Jedenfalls hat dein Vater seinen Arm um meine Schultern gelegt, was aufgrund meines Sonnenbrandes wirklich schmerzhaft war. So sind wir durch das Foyer gewandert und er hat gesagt: »Weißt du, Uli, die Wahrscheinlichkeit, dass meine Frau in Kürze ihren Jungen verliert, ist ungeheuer groß. Und wenn es da nur eine winzige Möglichkeit gibt, einen Hauch von Hoffnung, dass etwas von ihm hierbleibt bei uns, dann wird sie diese Möglichkeit nutzen, koste es, was es wolle, verstehst du? Den Gedanken, dass der Kalle der Vater sein könnte, hat sie gleich wieder verworfen, sowie sie es gehört hat. Und solange sie glaubt, etwas vom Hannes behalten zu können, flennt sie wenigstens nicht mehr. Und sollte sich später herausstellen, dass Neles Kind am Ende doch vom Kalle ist, kriegt sie ’nen Tritt, die kleine Schlampe, hörst du? Von mir persönlich, und dann soll sie es noch einmal wagen, hier auf seiner Bettkante zu sitzen!«

Das hat er gesagt, dein Vater.

Sonntag, 27.08.

Habe ausgeschlafen, ausgiebig gefrühstückt (wenn 'ne kalte Pizza als Frühstück durchgeht) und werde dir nun von gestern schreiben. Ich war nämlich gestern am Starnberger See, das Wetter war herrlich und die Zündapp musste mal wieder ausgefahren werden. Bin also zur alten Villa gefahren und habe den Flori besucht. Der war ziemlich überrascht und hat doch gegrinst, als er mich sah. Zuallererst hat er mir natürlich den Garten zeigen müssen und ist dabei vor jedem Grashalm gottesfürchtig stehen geblieben. Anschließend hat er Kaffee gekocht und währenddessen gesagt, ich würde heute noch Augen machen. Hab mich ein wenig umgesehen, aber nix gefunden, worüber ich hätte Augen machen können. Später sind wir zum Strand runter und dort hab ich tatsächlich Augen gemacht. Und wie! Da stand der alte Kahn wie eh und – was soll ich dir sagen – hat mich in karibischen Farben angestrahlt. Blau und grün und ich glaub, auch etwas rosa. Da steht dieser olle Kahn und bringt den ganzen See zum Leuchten. Ich hab den Flori gefragt, ob er das gemacht hat, diese ganze Malerei. Und er hat gesagt, er hätte das Boot geflickt, gespachtelt, geschliffen, grundiert, lackiert, versiegelt und poliert. Und jetzt ist es sogar seetauglich. Schließlich kramt er die Paddel hervor, wir lassen das bunte Teil zu Wasser und fahren damit hinaus. Das hat was. Später ist der Flori mit einem gekonnten Kopfsprung noch baden gegangen. Ich nicht, weil ich einfach keine blöden Kommentare mehr über Sonnenbrände hören konnte. Hab aber meine Beine reinhängen lassen, und das tat gut. Der Junge war maulfaul zweifelsohne, und doch hat er meine Fragen brav der Reihe nach beantwortet. So weiß er zum Beispiel jetzt, wie seine Zukunft aussieht, oder zumindest hat er Pläne in irgendeine Richtung. Gesagt hat er nichts darüber, er will es erst der Schwester Walrika erzählen, hat er gesagt. Danach hab ich noch erfahren, dass zweimal die Woche die Zina kommt, zum Putzen, ihre Mutter nicht mehr, weil's ja nicht mehr so viel zu putzen gibt wie vorher. Dabei hat er gegrinst, der Lauser. Später haben wir den Kahn an Land gezogen und ich hab ihm gesagt, dass der einen Namen braucht. Er hat eine Weile überlegt und dann gesagt, das wär ja wohl 'ne Kleinigkeit. Könnte wetten, dass da demnächst »Zina« draufsteht.

Kurz bevor ich mich auf den Rückweg gemacht hab, ist der See ganz grün geworden und der Himmel hat ein Gewitter prophezeit. Hab den Flori gefragt, ob er sich fürchtet, wenn's wettert und ob ich übernachten soll. Er hat gelacht und gesagt, er ist jetzt erwachsen und fürchtet den Teufel nicht mehr. So bin ich gefahren und hatte ein gutes Gefühl dabei.

Heut früh bin ich im Morgengrauen (und das mit dem Grauen kannst du ruhig wörtlich nehmen, wo du weißt, wie gern ich ausschlafe) zu dir rein, weil ich völlig zu Recht vermutet habe, dass etwas später wieder Belagerungszustände herrschen. Bin auf deiner und meiner Bettkante gesessen und hab dir die Sportberichte vorgelesen. Hab dir von den letzten Tagen erzählt und deine Hände massiert, worin ich jetzt schon echt gut bin. Gott preise Vaseline! Jedenfalls sind deine Finger nicht mehr so steif und kalt, und manchmal meine ich, du erwiderst den Druck. So auch heute. Ich war mir so sicher, dass du meine Hände drückst, dass ich mich nach vorne gebeugt hab, um in deine Augen zu sehen. Oder zumindest in den kleinen Spalt, den du großzügig freigibst.

Deine Augen waren unbewegt und starr wie bei einer Bauchrednerpuppe. Ja, Hannes, du erinnerst mich tatsächlich an eine Bauchrednerpuppe, weil du mit mir sprichst und doch selber nix sagst. Und trotzdem kann ich dich hören. Ganz genau. Aber wenn ich in deine Augen blicke, die zwar schauen, aber nichts sehen, dann ist der Verdacht eines Händedrucks wie weggeblasen. Nein, du drückst keine Hände. Vermutlich tust du das genauso wenig wie grinsen, aber die Hoffnung stirbt zuletzt.

Als ich dann durchs Fenster hindurch die alte Kastanie angeschaut hab, ist mir aufgefallen, dass sich ihr Laub schon färbt. Es ist heiß und sonnig, und doch kündigt uns der Herbst schon sein Kommen an. Die Tage verfliegen und das Leben passiert und du siehst es nicht. Du siehst es nicht.

Freitag, 01.09.

Servus Hannes,
hab mir jetzt angewöhnt, nach meiner Schicht zu dir zu kommen, bevor ich nach Hause fahr. Das garantiert mir völlige Ungestörtheit, sofern man die Visite ignoriert. Solange der Schnauzbart mit seinen Lakaien bei dir ist, geh ich vor die Tür und guck durchs kleine Fenster in deiner Zimmertür. Ich kann zwar kaum hören, was drinnen passiert, aber ich habe alles im Blick. Manchmal bringt mir eine der Schwestern Kaffee, das ist nett, aber überflüssig, weil ich ja anschließend schlafen muss. Da ich die Mädels aber nicht verletzen möchte, kipp ich den Kaffee ins Waschbecken. Wie gesagt, morgens haben wir unsere Ruhe, und es ist schön, nach der

langen Nacht mit dir zu reden. Ich kann dir erzählen, was los war, und kann dir erzählen, wenn nix los war. Du bist ein anspruchsloser Zuhörer.

Im Vogelnest werden nun schon Weihnachtsdekorationen gebastelt für den Basar und die Insassen haben eine Freude daran. Ich hatte diese Woche wieder Sex mit der Redlich Iris, es ist unglaublich, aber tatsächlich geschehen, sie kann nicht von mir lassen. Wir haben einige Basteleien in die Wäschekammer gebracht und sind dabei abermals übereinander hergefallen. Unter ihrem Kittel trug sie Strümpfe mit Naht und keinen Slip, es war gigantisch. Du siehst also, Hannes, ich hab auch meine Freude an den Basteleien. Wir siezen uns übrigens auch beim Sex, was durchaus prickelnd ist. Na ja.

Jedenfalls ist der Brenninger zurück, und wir haben zusammen ein paar Bier getrunken. Er hat mir viel erzählt von Neuseeland und den Kiwis. Das muss schon klasse sein da, wir sollten uns das unbedingt mal anschauen, mein Freund. Und natürlich wollte der Brenninger gleich zu dir rein und ist prompt in die Belagerungsfalle getappt. Die Nele auf der Bettkante und der Kalle auf der Bettkante. Deine Mutter am Fußende deines Lagers stehend, gewissermaßen mittig. Da ich dem Brenninger nicht erzählt hab, dass der Kalle womöglich als Vater infrage kommt, ist der halt rein, hat die Nele und deine Mutter gedrückt und gesagt: »Der Hannes wird sich freuen! Na, wenn ihn das nicht wieder auf die Beine bringt, was dann? Das muss doch Tote aufwecken, wenn man ein Kind erwartet, nicht wahr?«

Ja, das hat er so gesagt, der Brenninger, und hat sich ehrlich gefreut. Von den drei anderen hatte keiner den Mumm, ihm die Wahrheit zu sagen. Die haben alle nur pikiert in den Boden geschaut.

Ich hab's ihm aber auch nicht gesagt, Hannes. Als er kam, der Brenninger, und mich gefragt hat, was da los ist, warum die alle so komisch wären, hab ich ihn ins Sullivan's geschickt und hab gesagt: »Frag den Rick. Der weiß darüber schon lange Bescheid, und der erzählt's dir sicher gern.«

Ich weiß, dass das nicht richtig war. Ich weiß auch, dass ich dem Rick jetzt nicht den schwarzen Peter zustecken sollte. Aber trotzdem. Soll der doch dem Brenninger erklären, warum er einträchtig mit dem Kalle auf deiner Bettkante sitzt. Gleich nachdem der deine Freundin gebumst hat, quasi auf deinem Sterbebett. Und das, wo du ein Freund bist für den Kalle und für den Rick und ihnen wichtig bist und wertvoll. Trotzdem ist das völlig in Ordnung für den Rick. Andererseits kriegt er jetzt 'ne Krise, weil ich vor hundert Jahren mal an seiner Mutter dran war, die übrigens eine erstklassige Frau ist und von ihrem Alten immer nur wie Dreck behandelt wurde. Und dieser Alte nicht etwa mein Freund ist, der mir wichtig ist und wertvoll, sondern einfach scheißegal. Soll der Rick das dem Brenninger erklären, ich hab da keinen Bock drauf.

Montag, 04.09.

War heute vor der Schicht bei dir und habe schon alles erzählt, was ich hier nun schreiben werde. Hast aber naturgemäß nicht reagiert. Der Brenninger ist also tatsächlich am Freitag ins Sullivan's und dort nicht nur auf den vollbärtigen

Rick, nein, auch auf die Nele und den Kalle gestoßen. Sie haben eine Weile Bier getrunken (die Nele nicht, die muss ja auf den Fötus achten) und Billard gespielt. Der Brenninger hat von Neuseeland erzählt und alle waren ganz hellhörig. Als dann der Brenninger hellhörig wurde und mal nachgefragt hat, was denn eigentlich los sei und warum alle so komisch sind, hat die Nele plötzlich ganz dringend heim müssen, den Umständen entsprechend. Der Kalle und der Rick haben irgendwie rumgedruckst, und der Brenninger hat schließlich gesagt: »Jetzt legt hier mal keine Eier. Raus mit der Sprache, wird schon nicht so schlimm sein. Oder ist etwa einer von euch Kandidaten der Erzeuger von Neles Balg?«

Ich hab dem Brenninger nix erzählt, ich schwör's. Aber vermutlich hat er die ganze alberne Konstellation der letzten Tage recht gut selber interpretieren können. Na, jedenfalls hat dann der Rick gesagt, das ginge ihn einen elendigen Scheißdreck an und er soll hingehen, wo er auch die letzten Wochen war. Er braucht sich nicht erst aus dem Staub zu machen und, wenn's angenehm ist, einfach wieder auftauchen, um hier den Moralapostel zu spielen. Das hat dem Brenninger natürlich seinen Verdacht bestätigt. Er hat gesagt: »Welcher von euch zwei Bastarden hat die Nele denn nun begattet?«

Es kam keine Antwort. Der Rick hat auf den Nägeln rumgekaut und der Kalle hat krampfhaft und zum Ende vergebens die Tränen unterdrückt. Der Brenninger hat die Frage ein zweites und ein drittes Mal gestellt. Dann ist der Kalle über seinem Bierglas zusammengebrochen und hat gesagt: »Ich. Ich war das, Knut!«

Noch nie hat jemand den Brenninger so genannt. Egal. Jedenfalls hat der einfach den beiden vor die Füße gespuckt und gesagt, dass er sich schämt, so was seine Freunde nennen zu müssen.

Danach ist er zu mir rauf und hat mir alles erzählt, seine Version halt. Ich hab zuerst gar nicht gewusst, was ich sagen soll. War aber auch nicht nötig, denn der Brenninger war jetzt so richtig in Fahrt. Er hat mich zusammengeschissen, dass ich ihm im Vorfeld nix erzählt hab und dass ich ihn hab auflaufen lassen. Ich hab gesagt, ich wollte halt nicht wie so 'n altes Waschweib irgendwelche Gerüchte rumposaunen, und dass es jetzt eh wurst ist, weil er nun die Geschichte ja kennen würde. Er saß da so vor mir mit dem T-Shirt, wo draufsteht »Partyservice Brenninger. Exquisite Feinkost«, und hat nur seinen Kopf geschüttelt. Dann ist er gegangen. Das war am Freitagabend.

Leider hab ich meinen Rhythmus, morgens zu dir zu kommen, kurzfristig verändern müssen. Weil eben morgens nie jemand da ist außer uns zweien. Und da mich nun zugegebenermaßen schon die Neugier gepackt hat, wie die Geschichte jetzt weitergeht, bin ich halt am Samstagabend zu dir rein. Da stehen die Chancen tausend zu eins, auf jemanden zu treffen. Und ich traf auf alle. Deine Eltern waren da und der Kalle samt Nele, ein wenig später sind der Rick und der Brenninger gekommen, wenn auch nicht gemeinsam. Nachdem es eng war und wir alle etwas verklemmt rumgestanden sind, hat dein Vater deine Mutter aufgefordert, gemeinsam nach Hause zu gehen. Was sie auch taten, die Situation aber nicht wesentlich entspannte. Irgendwie standen wir alle wie Pennäler um dich rum und keiner hat es gewagt, sich auf deine Bettkante zu setzen. Und die war doch sonst der bevorzugte

Sitzplatz. Ich hab mich dann auf die Fensterbank gesetzt und war damit aus dem Schneider. Ich konnte an den Blicken der anderen genau erkennen, dass sie gerne selbst auf diese Idee gekommen wären. Also saß ich da, als stiller Beobachter, sah durch dein Zimmerfenster hindurch in die alte Kastanie und wartete, bis die Vorstellung beginnen würde. Es dauerte noch eine ganze Weile, ehe sich die Nele, zugegeben äußerst zaghaft, auf deiner Bettkante niederhockte. Danach geschah alles ganz schnell. Der Brenninger hat gesagt, solange nicht klar ist, wer der Vater ist von diesem Balg, soll sie ihren verdammten Arsch da runternehmen. Das sei ein heiliger Ort und da hätte ihr Arsch nix drauf zu suchen. Dann hat der Rick gefragt, was ihn denn das überhaupt angeht und dass die Nele ihren Arsch hinsetzen kann, wo immer sie mag. Der Brenninger hat gesagt, von ihm aus kann sie ihren verdammten Arsch hinsetzen, wo sie möchte, aber nicht auf diese heilige Bettkante, verstanden? Irgendwann sind sie in der Mitte des Zimmers gestanden, Auge in Auge, und ein jeder lauerte wachsam auf den ersten Schlag. Aber der Kalle ist dazwischen, aufgepumpt wie ein Fesselballon, und hat immer gesagt: »Schluss jetzt, Freunde. Seid doch friedlich, Freunde!«, und so was. Dann hat ihn der Brenninger am Kragen gepackt und geschrien: »Nenn du mich nicht einen Freund, hörst du! Auf solche Freunde kann ich nämlich scheißen!«

Dann ist er weg. Ich übrigens auch, weil meine Neugierde (für die ich mich auch wirklich schäme) ja nun gestillt war.

Bin am Sonntag in der Früh zu dir rein, und da war naturgemäß niemand außer uns beiden. Habe auch von einer der Schwestern einen Kaffee bekommen, schwarz und heiß, und diesmal hab ich ihn auch gerne getrunken. Ich hab dir die Geschichte vom Samstag noch mal erzählt, was überflüssig war, weil du ja dabei warst. Wobei mir aber doch aufgefallen ist, dass du bei der Stelle, wo ich meine Neugierde erwähnt hab, wieder mal gegrinst hast. Jede Wette.

Hab übrigens beim Heimgehen den Schnauzbart im Korridor getroffen, und der hatte noch jemand dabei, ebenfalls im weißen Kittel. In diesem Fall vielleicht besser Kittelchen, denn der Typ war so klein und dünn, dass eigentlich das Wort mickrig hier angebracht wäre. Na ja.

Jedenfalls hat mir der Schnauzbart erklärt, dass er jetzt in seinen wohlverdienten Urlaub gehe und dieser Winzling da wäre die Vertretung. Es wäre sein allererster Tag hier, er wird ihm nun die Klinik zeigen und wir sollen ihn doch bitte alle recht freundlich aufnehmen. Dabei hat er seinen Bart gezwirbelt. Der Kleine hat mir dann die Hand gereicht und seinen Namen buchstabiert. Man hätte ihm eine Schultüte in die Hand drücken sollen. Leider hab ich mir seinen Namen nicht merken können und nenn ihn jetzt Bonsai. Jedenfalls kann der dich ohne Räuberleiter oder Schemelchen niemals untersuchen, Hannes. Na ja. Genug für heute, es ist jetzt halb drei und Zeit für die Frau Stemmerle.

Freitag, 08.09.

Bin gerade etwas im Stress. Mein Vater hat mir vor einigen Tagen wieder Posaunennoten geschickt und auf eines der Notenhefte am Rande, handschriftlich und somit kaum wahrnehmbar, draufgeschrieben, dass sie am Samstag kommen. Leider habe ich die Hefte auf einem Stapel alter Zeitungen zwischengelagert und nicht weiter beachtet. Erst gestern, als ich das Altpapier rausbringen wollte, hab ich die Notiz gelesen, kurz bevor ich zur Arbeit musste. Hab mir also heute Morgen nach der Nachtschicht den erforderlichen Schlaf verkniffen und die Bude geputzt. Bin anschließend nahtlos ins Vogelnest gefahren. Jetzt fallen mir langsam die Augen zu, und es dauert noch Stunden, ehe ich mich hinlegen kann. Und ich kann noch nicht mal in mein eigenes Bett, weil ich das für meine Eltern gerichtet hab. Muss also auf die Couch, die nach Pizza und Bier und Tabak stinkt. Kann mich dann tagelang zutexten lassen von meiner Mutter und schließlich meinem Vater zuhören, wie er von einem Leben an meiner Seite träumt, in dem ich Posaune spielend weltweit ausverkaufte Konzerthallen fülle und er mich dabei begleitet. Mein Leben ist ein Müllhaufen! Die Zukunft ungewiss. Die Freunde dahin. Die Wohnung belagert. Oh Gott, ich hasse es! Ich brauche Schlaf!

Sonntag, 10.09.

Muss wohl tatsächlich irgendwann eingeschlafen sein. Bin jedenfalls später vom Tisch gerutscht und auf den Boden geschlagen. Dort bin ich nämlich aufgewacht und habe aus dem Ohr geblutet. Na ja. Freilich waren schwarze Schnürhalbschuhe das Erste, was ich sah. Weiter oben habe ich über einer ziemlich breiten Kutte das finstere Gesicht von Schwester Walrika erblickt, und sie sagte: »In der Heimordnung steht unmissverständlich, dass das Wachpersonal zu jeder Zeit bei Besinnung und für die Gäste verfügbar sein muss.

Das kann man ja wohl in Ihrem Fall nicht behaupten. Wenn Sie jetzt in Gottes Namen die Güte hätten, das Frühstück vorzubereiten.« Kurz bevor ich nach Hause wollte, hat sie mich noch vor der Haustür abgepasst und gesagt: »Noch was in eigener Sache, Uli. Das Tabu für Ihre Geschmacklosigkeiten beinhaltet auch unsere Wäschekammer. Und auch das kleine Wäldchen dort hinten gehört noch zum Heimgelände. Die Frau Dr. Redlich hat ihre Abmahnung bereits erhalten, die zweite übrigens. Ihnen werde ich das ersparen, einfach weil Sie uns hier kein Geld kosten. Ich wäre Ihnen trotzdem sehr verbunden, wenn Sie sich künftig meinen Anweisungen und der nun mal bestehenden Heimordnung fügen würden. Und jetzt können Sie fahren, in Gottes Namen.«

Ja, es gibt nun mal keine Geheimnisse im Vogelnest, weder in der Wäschekammer noch im Wäldchen. Und die Walrika mit ihrer dämlichen Heimordnung! Vermutlich macht sie jetzt 'nen neuen Paragrafen dazu, wo es dann heißt, dass das Vögeln auf dem gesamten Gelände des Vogelnestes, dazu gehören auch die Außenanlagen, zu unterlassen ist. Na ja.

Das mit meinen Eltern ist genau so, wie ich es befürchtet habe, und in meiner kleinen Wohnung können wir zu dritt keine Woche lang überleben, ohne die Tötung eines Familienmitgliedes zu riskieren. Also hab ich meine Kollegin angerufen (die mit dem Schichttausch) und hab gesagt, dass ich den Tagdienst zurückhaben will. Eine Zeit lang zumindest. Sie hat gesagt, das wär jetzt aber schlecht, weil, sie hätte jetzt jemanden kennengelernt, und da wär sie halt nachts schon gern verfügbar. Da sie mir aber noch einen Gefallen schuldig war und ich zu ihr gesagt hab, dass ihr die Typen vielleicht mal etwas länger bleiben, wenn sie nicht immer so verfügbar wär, waren wir uns schnell einig. Werde also morgen mit dem Tagdienst beginnen und bin somit zu Hause aus dem Schussfeld. Ich komme aber trotzdem morgens zu dir, Hannes, eben dann vor und nicht nach der Arbeit.

Meine Eltern waren gestern Abend bei den deinen, und es war wohl 'ne lange Nacht, jedenfalls hat mein Schlafzimmer morgens gerochen wie in jenen Nächten, wo wir alle zusammen einiges an Alkohol vernichtet und daraufhin das Bewusstsein verloren haben. Auch war der Leihwagen meiner Eltern nicht vorm Haus, sodass ich davon ausgehe, dass sie ein Taxi benutzen mussten. Jedenfalls hat meine Mutter morgens oder eher mittags zu mir gesagt, dass ihr die Gigi und der Oskar (ja, so heißen deine Eltern nun mal) so gar nicht gefallen. Mir hat sie auch nicht gefallen, meine Mutter, mit ihren roten Augen und der verschmierten Wimperntusche, aber das hab ich ihr nicht gesagt.

Abends: War heute Nachmittag mit meinen Eltern bei dir, die wollten dich natürlich unbedingt besuchen. Das war wie erwartet hochdramatisch. Eine Liveshow ist eben doch etwas ganz anderes als eine telefonische Berichterstattung. Na, jedenfalls waren die beiden ziemlich erschüttert und dementsprechend wortkarg. Was mir wiederum den Abend gerettet hat, weil keiner scharf auf Unterhaltung war. Hab mir in Ruhe den ›Tatort‹ eingeschaltet, und daraufhin hat meine Mutter gemeint: »Wie du jetzt nur fernsehen kannst, wo es deinem allerbesten Freund so schlecht geht?« Na ja.

Mittwoch, 13.09.

War gestern vor der Schicht bei dir und hab feststellen müssen, dass ich wieder mal nicht reindarf zu dir. Es geht dir wohl schlechter und du hast Fieber bekommen. Wie lange willst du mir das noch antun, Hannes? Hab eine Weile durch das kleine Fenster geschaut, und da dieses Mal auf die Nebelschwaden verzichtet wurde, konnte ich dich deutlich sehen. Du liegst da, naturgemäß ruhig, mit deinem winzigen Spalt in den Augen und den blauen Händen. Ich darf nicht rein, um sie dir zu massieren, und es bricht mir das Herz.

Habe vom Vogelnest aus deine Mutter angerufen, und die hat mir erzählt, dass dich diese Streitereien so krank gemacht haben. Es muss wohl wieder zu einem Zusammentreffen zwischen dem Brenninger, dem Rick und dem Kalle gekommen sein, gestern oder vorgestern, keine Ahnung. Jedenfalls hat's wohl wieder Streit gegeben, und seitdem geht's dir schlecht. Dann hat sie wieder angefangen mit ihrem Professor Schlag-mich-tot, und dass der schon recht hatte. Vermutlich hat er das auch, wenn ich mal dran denke, dass du grinsen und Hände drücken kannst, wenn's dir gut geht. Egal.

Sie hat nun beschlossen, einen Stundenplan aufzuhängen, einfach um ein erneutes Zusammentreffen der vermeintlichen Gegner zu verhindern. Sie macht das, sobald es dir wieder besser geht und Besuch reindarf. Mich persönlich wird das nicht betreffen, weil morgens ja eh niemand da ist außer mir. Deine Mutter war ganz tapfer, als sie mit mir gesprochen hat, Hannes. Sie hat nicht geweint, wenn ich auch sagen muss, dass ihre Stimme monoton klingt und rau. Mutlos einfach.

Hab dann auch nicht mehr gewusst, was ich noch sagen soll, und wir haben aufgelegt.

Hab dem Bonsai den Kassettenrekorder gegeben und den Schwestern gesagt, jeder, der kommt, um dich zu besuchen, soll da was draufsprechen. Sie werden sich drum kümmern, genauso wie beim ersten Mal.

Abends hab ich mir die Scheibe von STS reingezogen, ein Bier aufgemacht und die Urlaubsfotos vom letzten Jahr angeschaut. Dabei ist mir aufgefallen, dass der traditionelle, jährliche Jahresurlaub heuer total ausgefallen ist. Außer dem Brenninger ist niemand von uns weggefahren. Keiner hat sich weggetraut von deinem Krankenbett, Hannes. Und vermutlich ist der Brenninger auch nur deshalb weg, weil er das einfach nicht mehr ertragen hat. Nicht mehr mit ansehen konnte, wie du daliegst. Darum macht es ihn wohl jetzt auch so wütend, was nun eben mal unwiderruflich passiert ist. Weil er es nicht ertragen kann, wenn dir etwas zustößt. Wenn dir etwas zugestoßen wird! Ja, und der Rick ist tagelang vor dem Krankenhaus rumgelungert und hat an seinen Nägeln gebissen. Hat stundenlang gewartet, bis ihn einer mit hoch nimmt oder wenigstens erzählt, wie es dir geht. Ist vor dem Krankenhaus rumgelungert und hat sich 'nen Bart wachsen lassen, anstatt in den Urlaub zu fahren. Und der Kalle. Der Kalle trägt eigentlich das schwerste Los von uns allen. Er lebt mit der Schuld, dich verraten zu haben. Ich glaube ihm die Geschichte natürlich, dass er nicht und zu keinem Zeitpunkt vorhatte, die Nele anzufassen. Ich glaube ihm, dass es einfach passiert ist, als er sie getröstet hat. In Wirklichkeit glaube ich sogar, dass sie ihn getröstet hat, viel eher als umgekehrt. Und dann ist es halt passiert. Zwei todunglückliche Menschen sind sich in die Arme gefallen. So was passiert. Und nun trägt der Kalle die Last eines Verräters auf den Schultern und muss sich auch noch um die schwangere Nele kümmern, die von uns allen eigentlich noch die beste Figur abgibt.

Diese Gedanken sind mir so durch den Kopf gegangen, und ich habe STS gehört und Fotos geguckt. Irgendwann hat mein Vater an die Tür geklopft und gefragt, ob er reinkommen kann. Wir haben zusammen ein paar Bier getrunken und ich hab ihm all diesen sentimentalen Mist erzählt, bis er geweint hat. Na ja. Bin jedenfalls heute Morgen zu spät zur Arbeit gekommen. Die Walrika hat kein Wort gesagt, und die Frau Stemmerle hatte mir ein paar Buttersemmeln geschmiert und damit am Eingang auf mich gewartet. Ich liebe sie!

Ach ja, und ich habe vor, am Wochenende zum Flori zu fahren und die Walrika mitzunehmen. Das hat diverse Gründe. Zum einen muss ich dringend von meinen Eltern weg, weil ich's nicht mehr aushalte. Zum anderen könnte ich ganz klar Pluspunkte bei der Walrika sammeln (wir haben zwar immer noch unsere vertraute Raucherpause gemeinsam, sprechen aber seit neulich nicht mehr dabei, was unheimlich nervt). Außerdem muss ohnehin mal wieder jemand nach dem Jungen sehen. Der Herr Stemmerle ist zwar jeden Sonntag dort, der wirft aber nur seine Blumen ins Wasser, und das war's. Und in meinem hintersten Gedankeneck hätt ich noch gerne, dass die Frau Stemmerle mitfährt zur alten Villa. Mal sehen, ob sie sich das traut. Bin jedenfalls morgen früh wieder pünktlich am Fenster, um dich anzuschauen, mein Freund.

Freitag, 15.09.

Heute nach der Arbeit bin ich wieder mal ganz spontan mit der Redlich Iris ins kleine Wäldchen gefahren und hab dabei genau drauf geachtet, ob irgendwo in den Bäumen 'ne Kamera hängt. Hab aber nix gefunden. Die Redlich ist schon irgendwie irre, wenn ich bedenke, dass sie hier mit mir ihren Rauswurf riskiert. Egal.

War heute Morgen natürlich bei dir und bin auf den Bonsai gestoßen. Er hat mich angesprochen, als er durch den Flur ging und ich grad durch dein Fenster sah. Hab mich natürlich gleich umgedreht, aber auf Augenhöhe nichts finden können. Hab dann schlagartig an den Bonsai denken müssen, meinen Blick gesenkt, und da war er auch schon. Wir haben ein wenig über dich geredet, er hatte aber auch keine neuen Erkenntnisse. Er meinte nur, wenn das Fieber weg ist, dürfen wir wieder rein. Ich hab ihm gesagt, dass deine Hände immer so kalt sind und blau, doch er meinte, das wär eigentlich ganz normal, aber er wird sich drum kümmern. Ich musste mich die ganze Zeit beherrschen, nicht seine Wangen zwischen Daumen und Zeigefinger zu schlenzen und zu sagen: »Ja, du bist aber groß geworden!«

Hab übrigens der Walrika meinen Vorschlag von dem Ausflug erzählt, und sie ist drauf eingegangen. Sie hat zwar nur gesagt: »Ja, das können wir tun, in Gottes Namen«, aber da war so ein kleines versöhnliches Funkeln in ihren Augen. Sie will auch mit der Frau Stemmerle reden, ich soll mir aber keine allzu großen Hoffnungen machen. Die Frau Stemmerle hat eine furchtbare Angst vor dem See, hat sie gesagt. Na, jedenfalls haben wir vereinbart, dass ich am Sonntag mit dem Leihwagen meiner Eltern zum Vogelnest komme, und dann düsen wir los. Es war übrigens ein Riesengezeter, bis ich den Leihwagen meiner Eltern ausleihen konnte. Mein Vater hat irgendwas mit der Versicherung vorgebracht und wegen der Kilometerpauschale, dass er da nicht drüberkommen darf. Und am Ende hat meine Mutter noch vorgeschlagen, wir könnten doch alle zusammen (meine Eltern eingeschlossen) mit der Bahn hinfahren. Die hätten jetzt irgendeinen Gruppenrabatt, und das wär bestimmt nett. Das hätte mir grade noch gefehlt! Ich hab nur gesagt, wenn ich das Auto nicht krieg, möchte ich mein Schlafzimmer zurückhaben, und zwar sofort. Das hat funktioniert. Sie sind ja so durchschaubar. Ja, durchschaubar, engstirnig und stur.

Da fällt mir die Geschichte mit den Glasuntersetzern wieder ein. Weißt du das noch, Hannes? Wir haben damals im Handarbeitsunterricht so komische Glasuntersetzer basteln müssen. Und sosehr ich mich auch bemüht hab, sie haben immer scheiße ausgesehen. Deine dagegen waren erstklassig. Wir haben das dann so gemacht, wie wir's immer gemacht haben: Du hast meine Untersetzer gebastelt und ich hab dir derweil die Matheaufgaben gelöst. Auf die Untersetzer bekamen wir beide 'ne Eins und durften die Teile mit nach Hause nehmen. Leichtsinnigerweise hab ich die Untersetzer dann als Weihnachtsgeschenk für meine Mutter missbraucht, und sie hat sich tierisch gefreut darüber. Sie war so stolz auf mich, dass ich mir eine solche Mühe gemacht habe, extra für sie, und das hatte ich natürlich im Vorfeld bedacht. Einige Weihnachten später hab ich ihr die Geschichte erzählt, in einer geselligen Runde, wo jeder von uns seine Missetaten zum Besten gab. Und was soll ich dir sagen? Sie hat mir einfach nicht geglaubt! Sie hat gesagt, das alles sei Quatsch und sie wisse ganz genau, dass ich diese dämlichen Untersetzer selbst gemacht hätte. Und das nur, weil sie die schön fand und der Geschichte einen romantischen Hintergrund geben wollte. Sie behauptet noch heute steif und fest, dass ich diese Untersetzer gemacht hätte.

Montag, 18.09.

War heute Morgen bei dir und habe gehofft, dass der Stundenplan aushängt. Deine Mutter hatte ja gesagt, sie hängt ihn an die Zimmertür, sobald wir wieder reindürften. Hab ihn aber leider nicht entdecken können. Was ich aber schon entdeckt hab, war, dass deine kalten blauen Hände nun in dicken Wollhandschuhen steckten. Bin dann extra ins Zimmer vom Schnauzbart (nun ja Zimmer vom Bonsai) und habe mich bedankt für die Wollhandschuhe. Der Bonsai kann kaum über den großen Schreibtisch gucken und hat gesagt, es passt schon, und dass es gut gewesen ist, dass ich das angesprochen habe. Da fragt man sich natürlich, warum ich das ansprechen muss und nicht das Pflegepersonal. Wo die doch seit Monaten dreimal täglich den Puls bei dir messen. Und da hat es noch nie jemand gemerkt, dass dir langsam die Hände absterben? Na ja. Jedenfalls hatte der Bonsai unter seinem weißen Kittel ein pinkfarbenes Polohemd an. Das war ganz schlimm, Hannes. Da saß dieser winzige Mann in seinem pink Polo und guckte zu mir hinauf. Später hab ich mir vorgestellt, wie der Bonsai nach dem Dienst im pink Polo in sein Barbieauto steigt und nach Barbiehause fährt.

Gestern waren wir also am Starnberger See. Bin davor zum Vogelnest gefahren, um die Walrika zu holen und gegebenenfalls die Frau Stemmerle. Die Walrika stand schon vor der Tür und hatte ein Kuchenblech auf dem Arm. Sie hat gesagt, die Frau Stemmerle kommt erwartungsgemäß nicht mit. Ich bin dann doch noch rauf zur Frau Stemmerle und hab gesagt, dass sie mir einen Gefallen schuldig ist. Sie hätte mich damals gebeten, in der Villa nach dem Rechten zu sehen, und das habe ich getan. Nun müsse sie aber auch was für mich tun. Und zwar mitfahren. Ich hab gesagt, dass ich es einfach nicht aushalte, den ganzen Tag allein mit der Walrika, die mich momentan eh auf dem Kieker hat, und dem Flori, der weder Muh sagt noch Mäh. Ich glaube, sie war direkt ein bisschen froh darüber. Vermutlich wollte sie lange schon mal dorthin und hat sich einfach nicht getraut. Nun hatte sie einen guten Grund, sich zusammenzureißen. Sie hat nur gefragt: »Kommt die Jasmin auch mit?« Und ich hab gesagt: »Die ist doch schon da.« Als wir ins Auto stiegen, hat die Walrika ganz schön blöd geschaut. Sie hatte einen Zwetschgenkuchen auf dem Schoß, und der verbreitete jetzt seinen Duft, dass mir die Zunge am Gaumen klebte. Den haben wir nachher gegessen unter den alten Bäumen, und die Septembersonne hat uns gnädig gewärmt. Die Frau Stemmerle hat später mit ihrem Sohn die Blumen in den See geworfen und dabei den alten Kahn entdeckt. Der funkelte ihr nun entgegen in Blau und Grün und Rosa und hatte inzwischen einen Namen bekommen. »Jasmin« stand darauf in rosanen Tönen. Der Flori hat die Walrika zu einer kleinen Bootsfahrt überredet und die Frau Stemmerle stand lange am Ufer und verfolgte den schwappenden kleinen Kahn in leuchtenden Farben.

Ich bin mit dem Herrn Stemmerle ein wenig durch den Garten gewandert und er hat geschwärmt, was unser Flori daraus gemacht hat. Er hat gesagt, es sei gut, dass der Junge nun mal 'ne Zeit lang hier ist, das Haus braucht einen Bewohner. Er selber kann hier nicht mehr leben, und verkaufen will er es auch nicht. Schließlich hätte irgendein Urgroßvater das Ganze erbaut (vermutlich eher erbauen lassen). Und er hat mir erzählt, dass er wieder eine kleine Tochter habe, und die soll das alles einmal erben, wenn sie erwachsen ist. Solange sie klein ist, wird er sie nicht hierherbringen. Um keinen Preis der Welt. Später hab ich dann den Flori gefragt, warum das Boot nun Jasmin heißt und nicht Zina. Da hat er gesagt: »Weil das der See von der Jasmin ist und wir sind hier nur Gäste.« Wir sind gegen Abend nach Hause gefahren und ich hab die Frau Stemmerle in ihr Zimmer begleitet. Dort hat sie zu mir gesagt: »Ich hab die Jasmin nun dort am See gelassen, Uli. Sie fühlt sich wohl da, hat sie gesagt. Und nun hat sie ja auch ein Rettungsboot, wenn ihr die Arme schwer werden und die Beine –«

Hab danach mit der Walrika auf dem Balkon noch eine Zigarette geraucht, und da hat sie endlich wieder mit mir gesprochen. »Sie schlängeln sich doch immer wieder so heraus, Uli, nicht wahr? Sie schlängeln sich durchs Leben, grad wie's Ihnen passt. Und tun sich mit Ihrem gottgegebenen Charme noch nicht mal schwer dabei. Man mag Sie halt einfach, selbst wenn Sie sämtliche Regeln missachten«, hat sie gesagt. Ich hab ihr dann geantwortet, dass ich schon ziemlich genau drauf achte, alle Regeln einzuhalten, soweit mir das eben möglich ist. Dass aber mein Privatleben niemanden etwas angeht. Und zwar überhaupt niemanden. »Man muss sich aber doch in Gottes Namen noch im Spiegel anschauen können«, hat sie darauf gesagt. Ha! Ich kann noch hundertmal mit der Redlich pimpern und mich hervorragend im Spiegel anschauen. Irgendwie kommen wir da nicht zusammen, die Walrika und ich.

Dienstag, 26.09.

Hallo Hannes,
ich habe jetzt lange nichts mehr geschrieben und hab mich auch jetzt richtig dazu aufraffen müssen. Mir ist nicht nach Schreiben. Im Grunde ist mir nach überhaupt nichts. Habe vorhin noch mal meinen letzten Eintrag gelesen und mir gewünscht, ich könnte die Zeit zurückdrehen. Ich kann es kaum niederschreiben und muss es doch tun. Die Frau Stemmerle ist am Tag nach unserem gemeinsamen Ausflug am Morgen nicht mehr aufgewacht.

Wie jeden Tag gab es mit der Posaune einen kleinen Morgentusch, und als ich damit fertig war, ist als Einzige ihre Tür zugeblieben. Jetzt quälen mich seit Tagen Gewissensbisse und Vorwürfe, dass ich sie überredet habe mitzufahren. Sie wäre noch fröhlich und würde ihre Decken häkeln, wenn ich sie nur in Ruh gelassen hätte. Es war wohl einfach zu viel für das alte Herz. Diese Erinnerungen und die Wiederkehr nach so vielen Jahren.

Vor ein paar Tagen war der Herr Stemmerle im Vogelnest und hat ihre privaten Sachen geordnet. In ihrem Handarbeitskörbchen fand er den Schal, an dem sie zuletzt gearbeitet hat und der am Ende einmal, mit seinesgleichen vernäht, eine

Patchworkdecke werden sollte. Er hielt ihn hoch und zuckte mit den Schultern.

»Wollen Sie den, Uli?«, hat er mich gefragt. Und ob ich den wollte! Er ist bunt und warm und er ist von der Frau Stemmerle. Und somit ist er heilig. Die Walrika hat noch die Fäden vernäht, und dann hab ich den Schal mit Stolz auf ihrer Beisetzung getragen. Ihr Sohn wollte sie nicht am Starnberger See bestatten, weil er sagte, hier bei uns hätte sie sich wohlgefühlt und dort soll sie nun auch ruhen. Heute war es so weit. Es waren nicht viele Menschen dort, ihr Sohn halt und wir vom Vogelnest. Sonst hatte sie ja keinerlei Kontakt seit vielen Jahren. Ich hab ihr dann den Zapfenstreich gespielt mit der Posaune, weil sie den so mochte. Bin aber leider wieder ins Jazzig-Rockige abgedriftet, und irgendwie haben mich einfach die Emotionen überrollt. Ich habe mir das Leben aus dem Leib posaunt und bin beim Finale schließlich auf der Erde gekniet. Der Herr Stemmerle und der Prediger haben etwas peinlich geguckt. Die Insassen aber haben applaudiert und die Walrika hat mir danach im Vorbeigehen über den Arm gestreift.

Später auf dem Balkon hat die Walrika unter ihrer Kutte zwei Flachmänner rausgezogen, dass ich nur so geschaut hab, und hat gesagt: »Sonst hab ich aber keine Laster!« Dabei hat sie mir zugezwinkert. Wir haben auf die Frau Stemmerle angestoßen, und ich musste eine Frage stellen, die mir schon lange unter den Nägeln brennt. Nämlich, was sie damals eigentlich dem Herrn Stemmerle gesagt hat, damit er seine Meinung änderte und ins Vogelnest kam, um seine Mutter zu besuchen. Und ihre Antwort war: »Ich habe ihm gesagt, dass ich es eine

Unverfrorenheit finde, dass er sein eigenes Leiden über das der Mutter stellt. Schließlich ist sie es, die seit über zehn Jahren psychologisch betreut wird und noch immer gefangen ist in jenem Nachmittag. Und dass es nicht sie war, die versagt hat, sondern ausschließlich ihr Körper. Ich habe ihm gesagt, dass vermutlich niemand die Jasmin so sehr geliebt hat wie seine Mutter. Sie hat ihr Ein und Alles verloren, damals am See. Danach die Schwiegertochter und schließlich den Gatten. Zu guter Letzt auch noch den Sohn. Und das vor über zehn Jahren. Meinen Sie nicht, hab ich gesagt zum Herrn Stemmerle, meinen Sie nicht, es müsste einmal genug sein damit?«

Ja, das war mein Tag heute, Hannes. Kein schöner und ich werde nun auch schließen. Werde morgen weiterschreiben, was sonst noch so passiert ist in den letzten Tagen.

Mittwoch, 27.09.

So, da bin ich wieder, und nun alles der Reihe nach. Meine Eltern sind wieder in Spanien und die Wohnung kommt mir gleich so unendlich viel größer vor. Am Tag, als die Frau Stemmerle gestorben ist, hat meine Mutter gesagt, sie könnten jetzt unmöglich abreisen und mich in dieser schweren Stunde alleine lassen. Übrigens hat mein Vater das Leihauto ganz genau unter die Lupe genommen, als ich es zurückgebracht hab. Ob irgendwelche Kratzer im Lack sind oder so. Er hat sogar den Kilometerstand überprüft. Dann hat er gesagt, es wären Kuchenkrümel auf dem Beifahrersitz. Um dem Elend ein Ende zu bereiten, hab ich einfach behauptet, der Flori müsse für ein paar Wochen bei mir wohnen, weil er nun halt rausmuss aus der Villa. Wir müssten halt alle ein wenig zusammenrücken. Das hat funktioniert. Da haben sie sich gleich aus dem Staub gemacht.

Der Michel hat auch irgendwann mal angerufen, aber eigentlich nur, weil er seit Tagen den Brenninger nicht erreichen konnte. Hab es dann selber ein paarmal telefonisch versucht, ohne Erfolg, und bin schließlich zu ihm nach Hause gefahren. Seine Mutter hat mir die Tür aufgemacht, und ich bin in sein Dachzimmer rauf. Er ist auf dem Bett gelegen mit dem Kopfhörer auf und hat Heavy Metal gehört. Er hat mich gar nicht wahrgenommen. Und da mir eigentlich auch nicht nach Unterhaltung war, bin ich gleich wieder gegangen.

Hab danach den Michel angerufen und gesagt, dass alles in Ordnung ist. Wir haben eine Weile geplaudert und natürlich hab ich ihm auch von den Streitereien rund um dein Bett erzählt. Dass es echt widerlich ist, was da abgeht, und dass dich das alles jetzt so krank gemacht hat. Und der Michel hat gesagt, dass ihm das alles so leidtut und dass er auch so gerne bei dir wäre. Ich hab ihm aber schon erklärt, dass es überhaupt keinen Sinn macht, weil momentan sowieso keiner reindarf zu dir. Und wenn, dann kriegst du's eh nicht mit. Außerdem könne die geifernde Meute, die dein Bett umlagert, sowieso keinen Zuwachs mehr ertragen. Das hat er wohl irgendwie verstanden.

Dein Zustand hat sich leicht verbessert, das Fieber ist runter und die Nele durfte sogar schon mit deinen Eltern zusammen zu dir rein. Auch hängt der Stundenplan jetzt endlich aus, leider erst für nächste Woche, aber ich habe mich schon eingetragen. War dann noch ein paarmal am Fenster und habe dich angeschaut, hat meine Stimmung aber nicht wesentlich verbessert. Jetzt hab ich noch zweimal Tagdienst und dann sind die Nächte im Vogelnest wieder die meinen, Gott sei Dank!

Sonntag, 01.10.

Bin am Freitag ins Eishockey gegangen, und das war gut. Die Luft dort im Stadion ist einzigartig und versöhnt mich immer wieder aufs Neue mit dem beginnenden Winter. Sie haben das Spiel gewonnen, 5:1. Der neue Trainer hat die Jungs voll im Griff und der neue Torwart ist Weltklasse. Werde dir am Dienstag die Spielberichte vom Wochenende vorlesen.

War anschließend noch im Sullivan's und bin dort auf den Kalle und den Rick gestoßen. Die beiden haben Billard gespielt und ich bin an der Bar gesessen und hab ein Bier getrunken. Wir haben kein einziges Wort gewechselt. Irgendwann hat dann der Wirt über den Tresen gefragt: »Ist alles in Ordnung bei euch, Jungs?« Und wir haben wie aus einem Mund gesagt: »Ja, alles in Ordnung.« Erbärmlich. Hab mein Bier gar nicht mehr ausgetrunken, sondern bin gegangen (mir hat das neulich unglaublich gut gefallen, als der Rick einfach sein volles Bier stehen und mich sitzen ließ wie einen Deppen. Ja, das hat was).

Sonst war das Wochenende ruhig und ich musste noch nicht mal meine Bude putzen, denn das hatte meine Mutter zuvor gründlich erledigt. Habe also einen Großteil der Zeit auf der Couch verbracht, war einmal kurz bei dir, aber das Fenster war von Kalle belegt. Er hat durchgegafft und beobachtet, wie seine Nele deine Hand hält. Zum Kotzen. Ja, morgen beginnt mein Nachtdienst. Habe mich für Dienstag acht Uhr früh in deinen Stundenplan eingetragen.

Mittwoch, 04.10.

Sitze hier im Vogelnest, es ist kurz nach Mitternacht, und ich weiß gar nicht, wo ich anfangen soll. Zuerst vielleicht bei dir. Als ich am Dienstagmorgen zu dir rein bin, waren der Bonsai und deine Mutter im Korridor und haben ganz aufgeregt miteinander geredet. Als mich deine Mutter gesehen hat, ist sie auf mich los und hat gesagt, es ist gut, dass ich da bin, und ich soll unbedingt gleich mitkommen. Der Bonsai hat dann gesagt, wir sollen jetzt nichts überstürzen, und ich wusste gar nicht, wie mir geschah. Deine Mutter hat an meinem Arm gezerrt und mich in dein Zimmer geschleift. Dort standen dein Vater auf der einen Seite deines Bettes und die Nele auf der anderen. Ich hab dich dadurch zuerst gar nicht sehen können. Als ich das aber konnte, hattest du die Augen offen. Und nicht nur einen winzigen Spalt, sodass man sich bücken muss, nein, offen, richtig offen. Und deine Augen haben sich bewegt. Haben die Zimmerdecke abgetastet ganz langsam, jeden winzigen Millimeter. Ich hab dann gesagt: »Unglaublich! Wie lange macht er das schon?« Und deine Mutter hat geantwortet: »Die Nachtschwester hat uns angerufen. So um halb vier, wir sind natürlich sofort reingefahren, und seitdem sieht er die Decke an.«

So sind wir alle ziemlich beeindruckt um dich rumgestanden und irgendwann bist du eingeschlafen. Reagiert hast du nicht. Nicht auf die Stimmen und auch nicht, als dir der Bonsai ein Kissen in den Rücken geschoben hat, damit du nicht immer an die Decke starren musst. Stattdessen hast du dann an die Wand gestarrt. Auch wenn sich jemand vor dich hinstellt und du direkt in sein Gesicht sehen kannst, wandert dein Auge nur ruhig und gleichmäßig umher. Schon so, dass man den Eindruck hat, du siehst in das Gesicht und nicht hindurch, aber eben ohne Reaktionen. Was wiederum scheißegal ist, weil du zuvor noch nie so weit warst. Es ist ein Riesenschritt, den du da gemacht hast, und der nächste wird folgen, Hannes. Ich bin stolz auf dich! Na ja.

Jedenfalls hat dieser Vorfall die Nele wohl ziemlich aufgewühlt, sodass bei ihr nun die Wehen eingesetzt haben. Es sei etwas zu früh, wie ich gehört hab, aber völlig unbedenklich. Sie liegt also nun zwei Etagen unter dir und wartet auf die Geburt des Kindes. Mit ihr deine Mutter und der Kalle. Dein Vater bewegt sich keinen Fußbreit aus deinem Zimmer.

Habe bei meiner ersten Nachtschicht am Montag natürlich die Frau Stemmerle vermisst. Unser Halbdreigespräch, das wir hatten in jeder Nacht. Hab mich auf ihr Bett gesetzt und war ziemlich traurig. Und ich hab mich wohl so in Gedanken verloren, dass ich total die Zeit vergaß. Die Walrika hat mich schließlich in die Realität zurückgeholt. Sie hat sich zu mir aufs Bett gesetzt und hat gesagt: »Die Frau Stemmerle ist gestorben, weil sich der Kreis nun geschlossen hat, Uli. Sie hat ihren Frieden gemacht mit der Vergangenheit. Sie wollte lange schon sterben, seit vielen Jahren, wissen Sie. Und hat sich einfach nicht getraut. Sie wollte der Jasmin nicht unter die Augen treten im Jenseits. Jetzt konnte sie es, weil sie sich versöhnt hat mit dem See. Mit dem See und ihrem Gewissen.

Die Frau Stemmerle hatte am Sonntag den schönsten Tag seit über zehn Jahren. Danach ist sie gestorben. Ich würde Gott schon heute danken, wenn ich auch einmal so gehen darf. Und nun ist es Zeit fürs Frühstück. Reißen Sie sich zusammen, in Gottes Namen.«

Wenn ich jetzt so an die Frau Stemmerle denk, Hannes, wie sie da so stand am Ufer des Starnberger Sees und dem kleinen Boot hinterhersah, dann fällt mir ein, wie schön sie da war. Ihre Wangen waren rot und ihre Augen glasklar und ruhig. Nie hab ich sie schöner gesehen. Wie ein farbiges Ahornblatt, bevor der Herbstwind es davonträgt. Ja, es ist nun wieder mal Zeit, meine Runde zu drehen, bin morgen natürlich bei dir.

Donnerstag, 05.10.

Das Kind ist da und es ist ein Mädchen. Die Geburt war zäh und lange, aber ohne Komplikationen. Mutter und Kind wohlauf, sagt man doch da, oder? Ich würde dir jetzt gerne gratulieren, mein Freund, aber die Umstände erlauben das nicht. Erst mal sehen, wer der Papa ist von euch beiden. Na, jedenfalls ist der Kalle nicht mehr rauszubringen aus der Entbindungsstation und belagert Neles Bettkante quasi rund um die Uhr. Das hat mir deine Mutter gesagt. Und dass sie noch nie so ein schönes Kind gesehen hat und dass es dir so ähnlich schaut, da gäb es keinen Zweifel. Dein Vater hat gesagt, er weigert sich, das Kind anzuschauen, bevor nicht klar ist, ob du der Vater bist.

Bei dir hat sich seit gestern nichts verändert. Als ich gekommen bin, bist du halb aufrecht im Bett gesessen und ich hab dir ins Gesicht geschaut. Du auch in meines, kurzfristig. Dann ist dein Blick wieder an die Wand zurück und dort geblieben. Ich hab dann deinen Kopf zwischen meine Hände genommen und den so zu mir hergedreht, dass du mich anschauen musstest. Dabei hab ich laut mit dir gesprochen. Du hast mich dann tatsächlich für kurze Zeit angeschaut, ob du mich wahrgenommen hast, wag ich zu bezweifeln. Gleich darauf ist dein Blick zurück an die Wand. Hab mich also auf das Fensterbrett gesetzt und in die alte Kastanie geschaut. Dein tastender Blick macht mich nervös. Hab dir später die Sportberichte vorgelesen.

Sonntag, 08.10.

Hallo Hannes,
war gestern bei dir, leider nicht alleine, weil dein Vater nun hier rumhockt, seit du deine Augen geöffnet hast. Bin auf dem Fensterbrett gesessen und hab eben deinem Vater zugesehen, wie er dich gewaschen hat. Du bist dagelegen mit freiem Oberkörper und hast die Augen kreisen lassen, ganz langsam die Wand entlang. Deine Muskulatur ist völlig hinüber, Hannes. Du bist weiß und schlaff, wie ein Schneeball, der so dahinschmilzt. Egal.

Jedenfalls ist irgendwann die Tür aufgegangen und die Nele stand da mit dem Kind auf dem Arm. Dein Vater hat sich umgedreht und sie angeschaut. Sie stand da halt im Türrahmen, etwas hilflos, und doch so etwas wie Trotz im Gesicht. Dein Vater hat gesagt: »Hast du den Vaterschaftstest bekommen?«, und sie hat gesagt: »Nein, aber …«

Er hat sie gar nicht ausreden lassen. Er hat sich wieder deiner Waschung gewidmet und gesagt: »Dann raus hier!« Etwas später ist deine Mutter ins Zimmer gekommen und hat geschnaubt vor Wut. Sie hat gesagt, das sei eine unglaubliche Frechheit von ihm, und dass es doch auch sein Enkelkind wär. Er soll es doch einfach nur mal anschauen, dann würde er es selber sehen. Dein Vater hat gesagt, er will es schwarz auf weiß und sie soll nun mal die Schnauze halten, weil der Junge sonst wieder krank wird von dem ganzen Lärm.

Ich bin dann gegangen. Jetzt weiß ich auch, warum dein Vater nun neuerdings Tag und Nacht bei dir sitzt, Hannes. Es ist nicht, wie ich zuerst dachte, seit du die Augen offen hast, sondern vielmehr, seit das Kind da ist. Er bewacht dich, Hannes. Er möchte verhindern, dass dir die Nele das Kind reinbringt. Er möchte verhindern, dass dir die Nele womöglich ein Kuckucksei auf die Bettkante legt.

Ach ja, der Flori ist wieder bei uns im Vogelnest seit der Beerdigung von der Frau Stemmerle. Es hat ihn ziemlich mitgenommen, und ich glaube, er traut sich nicht zurück in die alte Villa. Schließlich war es ja die Frau Stemmerle, die ihm erlaubt hatte, dort zu wohnen, und nicht ihr Sohn. Ich hab dem Flori vor ein paar Tagen von dem Gespräch erzählt, das ich am See mit dem Herrn Stemmerle hatte, dass der ebenso froh ist, wenn sich jemand um das Anwesen kümmert und so. Das hat ihn schon gefreut. Er hat es aber trotzdem vorgezogen, hierzubleiben.

Am Donnerstag ist auf einmal die Zina im Vogelnest erschienen. Ich war zwar leider nicht dabei, die Walrika hat's mir aber am Balkon erzählt. Die beiden wären ein wenig durch den Garten gewandert und hätten Händchen gehalten. Die Walrika hat hinterher zu mir gesagt: »Die beiden passen vortrefflich zueinander. Das, was der Florian zu wenig redet, redet sie zu viel. Sie bringt ihn zum Lachen, und das ist alles, was in Gottes Namen wichtig ist.« Na, jedenfalls werde ich heute Nachmittag noch den Flori zum See fahren, mal sehen, ob er dort bleiben möchte.

Mittwoch, 11.10. 2:05 Uhr

Der Flori ist wieder mit ins Vogelnest gefahren. Wir haben den Nachmittag am See verbracht, das Wetter war noch gut, kalt zwar, aber Sonne, und so sind wir ein bisschen mit dem Boot rausgefahren und jeder ist seinen eigenen Gedanken nachgehangen. Am Schluss hat er gesagt, er kann hier nicht bleiben, weil er im Moment nicht allein sein kann. Habe ihn also wieder mit nach Hause genommen.

Gestern nach der Schicht war ich bei dir, Hannes. Dein Vater saß in einem Stuhl und hat geschlafen. Ich finde ja, er übertreibt es jetzt ein bisschen, außerdem sollte er sich dringend mal duschen. Was nützt das schon, wenn er dich wäscht, mein Freund, und selber wie ein Iltis stinkt, nicht wahr? Na, jedenfalls war ich ganz leise und hab deine Finger massiert. Dabei hast du meine Hand gedrückt, einige Male. Ich bin dann ganz nah an dein Gesicht, sodass du mich anschauen musstest, und das hast du auch getan. Als ich meinen Kopf aus deinem Blickfeld genommen hab, hast du kurz danach gesucht. Deine Augen sind der Richtung meines Kopfes gefolgt, dennoch gleich wieder an der Wand kleben geblieben. Aber das macht nichts. Es geht voran, Hannes.

Übrigens ist der Schnauzbart aus seinem Urlaub zurück, braun wie ein Schokoriegel, und ich habe ihn gefragt, wer zum Teufel heutzutage noch so dämlich ist, sich diesen gefährlichen UV-Strahlen auszusetzen. Er hat gegrinst. Anschließend haben wir ein wenig über dich geredet, dass er sehr begeistert ist von deiner Entwicklung. Du würdest jetzt Krankengymnastik bekommen, dreimal die Woche. Und nun könne man ja intensiv mit dir arbeiten, weil sie nun einen Zugang zu dir hätten, der vorher eben fehlte. Siehst du, Hannes, jetzt – endlich – geht's bergauf.

Ach ja, übrigens hat das Kind jetzt einen Namen: Johanna Cornelia, ich denke mal, es sind die Vornamen der mutmaßlichen Eltern. Der Kalle hat's mit Fassung aufgenommen und hat die Nele gestern aus dem Krankenhaus abgeholt und nach Hause gefahren. Zuvor hatte er persönlich noch einen Versuch gemacht, die Nele und das Kind zu dir reinzuschleusen. Er hat im Türrahmen gestanden und gesagt: »Herr Ellmeier, wenn ich Sie mal ganz kurz stören dürfte ...«, worauf dein Vater gesagt hat: »Das tust du doch seit Wochen schon!« Dann ist er weg, der Kalle, mitsamt der Nele und dem Kind. Deine Eltern haben anschließend wieder gestritten. Wenn ich nicht gerade live dabei bin, erzählt mir dein Vater alles. Ich bin eigentlich noch der Einzige, mit dem er redet. Ich hab ihm dann auch gesagt, dass er stinkt. Daraufhin hat er gesagt, er fährt jetzt kurz heim zum Duschen und Umziehen und ich soll derweil die Zimmertür nicht aus dem Auge lassen. »Keine Nele und kein Balg, dass das klar ist«, hat er gesagt, und weg war er.

Bin übrigens gestern vor der Schicht zum Brenninger gefahren. Bin gerade dazugekommen, wie er in den Transporter mit der Aufschrift »Partyservice Brenninger. Exquisite Feinkost« Silbertabletts eingeladen hat. Selbige Aufschrift trugen sein T-Shirt und seine Kappe. Ich hab ihm kurz alles erzählt, was die letzten Tage passiert ist, und dass es dir gut geht. Er hat seine Kappe abgenommen, ist sich mit der Hand durch die Haare gefahren und hat sich gefreut. Wir haben dann beschlossen, auf ein paar Bier zu gehen und deine Genesung zu feiern.

Samstag, 14.10.

Ja, Hannes, nun ist es amtlich. Du bist also der stolze Vater von Johanna Cornelia. Der Test ist gekommen und somit die Anspannung gegangen. Am Freitag Früh hat's mir dein Vater gesagt, und somit muss ich jetzt nicht mehr die Tür bewachen, während er duschen geht, wie in den Tagen davor. Er war ganz ruhig, nicht erfreut, eher teilnahmslos, als er mir davon erzählte. Eigentlich so, als wäre er enttäuscht über das Ergebnis. So, als hätte man ihm seine Aufgabe genommen, dein Bett zu bewachen. Egal. Jedenfalls sind nun die Fronten geklärt und das wochenlange Hickhack ist nun wohl vorbei. Werde mich heute Abend mit dem Brenninger im Sullivan's treffen.

Sonntag, 15.10.

Es ist jetzt kurz vor Mitternacht, und ich muss dir das noch schnell schreiben, obwohl ich zum Umfallen müde bin. War also gestern mit dem Brenninger auf ein paar Bier, und wir waren gerade dabei, die Vorfälle der letzten Wochen durchzukauen, wie das so ist mit unserer Freundschaft und warum wir nun alle zerstritten sind. Und gerade in einer Zeit, wo man doch die Freunde so dringend braucht wie sonst nix in seinem Leben und so weiter und so fort. Na ja.

Jedenfalls ist irgendwann die Tür aufgeflogen und der Rick ist reingestürmt. Er hat erst in alle Winkel des Sullivan's geguckt, und schließlich hat er uns gefragt, ob wir den Kalle gesehen hätten. Aber das hatten wir nicht. Er hat uns dann erzählt, dass die Nele dem Kalle gestern früh den Vaterschaftstest gegeben hätte, grade als der das Kind im Arm trug. Er hätte der Nele das Kind übergeben und wär weg. Ohne ein Wort. Sie hat am selben Abend noch mit ihm telefoniert und er hat gesagt, er braucht jetzt erst mal ein bisschen Ruhe und würde sich schon wieder melden. Und jetzt könnten sie ihn nicht erreichen. Weder der Rick noch die Nele. Weder am Telefon noch an der Haustür. Er war ganz aufgeregt, der Rick, und hat uns damit angesteckt. Wir haben unser Bier stehen lassen (wieder einmal) und sind los und zum Kalle gefahren.

Wir haben an seiner Tür geläutet, geklopft und gehämmert und haben sie schließlich eingetreten. Da ist der Kalle breitbeinig im Morgenmantel mit nichts drunter in seinem Sessel gehockt. Das war nicht schön. Er ist im Sessel gehockt, eine leere Flasche Schnaps in den Händen und ein Tropfen hing ihm aus der Nase. Wir haben uns kurz umgesehen, ob irgendwelche Tabletten oder ein Abschiedsbrief rumliegen, konnten aber zum Glück nur zwei weitere Flaschen Schnaps finden, ebenfalls leer. Wir haben ihn erst mal so lange geschüttelt und angeschrien, bis er aufgewacht ist. Er war sturzbesoffen, das kannst du dir vorstellen, und dementsprechend aggressiv und ist gleich auf uns los. Lallte, wir würden uns in seinem Leid aalen und jetzt wären wir wieder da, jetzt, wo er der Loser ist, und würden uns lustig machen und so. Er ist aufgestanden und uns entgegengewackelt mit erhobener Faust, und der Tropfen an seiner Nase geriet bedenklich ins Schaukeln. Irgendwie haben wir ihn dann in die Badewanne geworfen, in der noch das mittlerweile kalte Wasser eines Bades war. Wir haben Kaffee gekocht und Rühreier gebraten, haben den Kalle abgetrocknet wie ein Kleinkind, angezogen und auf die Couch gesetzt. Nach dem Essen ging es ihm langsam wieder besser. Wir haben die ganze Nacht gesessen, Hannes, bis in den Vormittag hinein, dann sind wir alle der Reihe nach eingeschlafen. Der Kalle hat gesagt, es wär jetzt genauso wie damals, wo seine Mutter weg ist mit dem Schaustellertypen. Ganz genauso ist es jetzt wieder. Nur dass es diesmal halt nicht seine Mutter ist, sondern seine Tochter, die er verloren hat.

Donnerstag, 19.10.

Hallo Hannes,
war die letzten Tage bei dir, es geht dir gut, die Fortschritte sind aber eher mäßig. Der Schnauzbart hat gesagt, man dürfe jetzt keine Wunder mehr erwarten, weil wir eh schon eins

hatten, und alles andere braucht wieder einmal seine Zeit. Bin vermutlich zu ungeduldig, werde daran arbeiten.

Die Nele sitzt nun täglich siegessicher mit dem Balg auf deiner Bettkante und triumphiert spöttisch auf alle herab. Dein Vater weigert sich nach wie vor, das Kind anzusehen, geschweige denn, es zu berühren, was deine Mutter rasend macht. Die trägt nämlich ständig dieses Kind spazieren in sämtlichen Gängen des Krankenhauses und erzählt jedem, dass der Inhalt der Wolldecke auf ihrem Arm ihre Enkelin sei. Denen, die es hören wollen, genauso wie allen anderen und somit den meisten. Dein Vater ist rotzgrantig deswegen und seine Aufenthalte bei dir liegen nun hauptsächlich in den frühen Morgenstunden, weil da eben nur ich da bin. Er denkt darüber nach, sich einstweilig ein Hotelzimmer zu nehmen. Er sagt, es ist zu Hause nicht mehr auszuhalten, deine Mutter würde ununterbrochen telefonieren und über das Kind reden. Die ganze Wohnung sei überhäuft mit Babysachen und an jeder dämlichen Wand hingen nun Fotos von dem Balg. Selbst als er gestern den Alibert aufgemacht hatte, strahlte ihm das zahnlose Gesicht der Enkeltochter entgegen.

Übrigens hab ich heute die Kiermeier Sonja getroffen, und die hat mir erzählt, dass sie jetzt ihr Medizinstudium geschmissen hat und stattdessen den Frauenarzt heiratet. Sobald dieser geschieden ist. Sie würde uns aber noch informieren, wenn es so weit ist. Na ja.

Der Florian hatte wieder Besuch von der Zina, und dieses Mal war ihre Mutter Marina mit dabei. Wir haben uns noch kurz getroffen, so zwischen Tür und Angel, gerade als ich kam und sie beim Aufbruch waren. Der Abschied zwischen der Zina und dem Florian hat sich ein bisschen hingezogen, ich habe derweil mit der Marina geplaudert. Sie ist unglaublich rassig und temperamentvoll, und die Redlich hat eine Augenbraue hochgezogen, als sie an uns vorbeigegangen ist. Am Ende sind die beiden gefahren und der Flori hat mir erzählt, dass er gerne am Wochenende zum See möchte, weil er sich dort mit der Zina trifft. Wenn das Wetter noch mitspielt, werde ich ihn fahren. Die letzten Tage war es nieselig und trüb, und der Morgennebel hat mir den Blick auf die Kastanie vor deinem Zimmerfenster vermasselt. Sonst gibt es eigentlich nix Neues. Hab dir auch das alles schon erzählt, du bist aber nur an der Wand entlanggekreist.

Freitag, 20.10.

War heute vor der Schicht bei dir und bin zufällig gekommen, als gerade deine Krankengymnastik angefangen hatte. Jedenfalls war ein Typ mit Pferdeschwanz und Brille gerade eifrig dabei, dir die Beine hoch- und runterzuhieven. Er trug einen Kopfhörer und hat im Takt der Musik den Kopf bewegt. Dann hat er angefangen zu singen, es war wohl David Bowie, den er hörte, zumindest war es so was Ähnliches, was er gesungen hat. Er hat im Takt mit dem Kopf genickt, gesungen, ziemlich laut sogar, und deine Beine umhergehievt. Er hatte mich gar nicht bemerkt, weil er mit dem Rücken zu mir gestanden ist. Ich hab mich aufs Fensterbrett gesetzt und das Ganze eine Weile beobachtet. Er war so entspannt bei der Arbeit, und die Bewegungen, die er mit deinen Körperteilen machte, waren durchaus gekonnt. Als er sich schließlich deinen Armen zuwandte, hat er mich entdeckt. Er hat sich aber nur kurz an die Stirn getippt wie ein Soldat und dabei noch nicht einmal aufgehört zu singen. Ich hab dich angeschaut, hatte vom Fensterbrett aus aber leider keinen guten Blick und hätte dennoch schwören können, dass du grade grinst. Ich bin aufgestanden und zu dir ans Bett rüber, und darin bist du gelegen und hast gegrinst. Endlich hatte ich einen Zeugen! Es war das allererste Mal, dass ich nicht alleine war mit dir, wenn du gegrinst hast, Hannes. Ich hab den Pferdeschwanz angetupft und der hat seinen Kopfhörer abgenommen. »Der Hannes grinst doch, oder? Das ist doch ganz deutlich zu sehen«, hab ich ihn gefragt. Und der Pferdeschwanz hat gesagt: »Ja, klar grinst der. Der macht gerne Gymnastik, nicht wahr, Sportsmann«, und hat dir dabei die schlaffen Oberarme geklopft. »Und außerdem steht er auf Bowie.« Dann hat er seinen Kopfhörer wieder aufgesetzt und weitergesungen.

Montag, 23.10.

Sitze hier im Vogelnest und schreibe dir über das Wochenende. War am Samstagnachmittag bei dir. Habe mir diese Zeit extra gewählt, zum einen, weil ich endlich mal wieder ausschlafen wollte, zum anderen hat mich die Neugier dazu getrieben. Ich wollte halt sehen, wie die guten Vorsätze, die wir neulich in der Nacht beim Kalle gefasst haben, in der Praxis aussehen. Wir haben nämlich in dieser Nacht beschlossen, uns nicht mehr zu streiten, weil wir seit Jahren gute Freunde sind und gerade jetzt zusammenhalten sollten.

Bin also zu dir rein und hab zuerst deine Mutter getroffen. Im Gang mit Wolldecke auf dem Arm, drinnen das Kind. Sie hat mir erzählt, dass dein Vater nun ausgezogen ist, weil er die Johanna Cornelia nicht akzeptiert. Sie hat das so erzählt, als hätte sie ein Loch im Strumpf, obwohl ich mir nicht sicher bin, ob sie das nicht mehr aufgeregt hätte. Sie hat gesagt: »Ach, der kriegt sich schon wieder ein«, wobei sie das A vom »Ach« derart in die Länge zog, dass es einen abfälligen Ton ergab. Bin dann zu dir rein, und dort saß die Nele auf meiner Fensterbank und schaute in meine Kastanie. Hab mich also auf deine Bettkante gesetzt, dir die Sportberichte vorgelesen, und du hast die Wand abgekreist. Irgendwann hat die Nele gesagt: »Denkst du wirklich, ihn interessieren die Sportberichte?« Ich hab aufgehört mit dem Vorlesen und stattdessen deine Hand massiert. Du hast den Druck erwidert, bei beiden Händen. Ich hab deinen Kopf genommen, damit du mich anschauen kannst. Das ist tatsächlich auch geschehen, und du hast mit den Augen mein Gesicht abgetastet. Ich habe mit dir gesprochen und du bist in meinem Gesicht gekreist. Irgendwann wurde mir dein Kopf zu schwer und ich ließ dich ins Kissen zurück. Danach hast du wieder die Wand abgekreist. Ich hab die Nele gefragt, ob sie weiß, wie's dem Kalle so geht, und sie hat nur den Kopf geschüttelt. Hat ihn zuerst gesenkt und dann geschüttelt. Sie hat sehr traurig ausgesehen.

Später ist der Brenninger gekommen und hat sich kurz an das Fußende des Bettes gestellt. Hat dich eine Zeit lang beim Kreisen beobachtet und dann gesagt, er kann sich das nicht länger anschauen. Er kann es überhaupt nicht mehr ertragen. Er sagt, du siehst jetzt aus wie ein geistiger Krüppel mit deinen kreisenden Augen. Zuvor hättest du eben nur geschlafen, und das war schon schlimm genug. Jetzt würdest du daliegen wie ein verdammter Mongo, und das würde er nicht ertragen. Die Nele ist dann aufgesprungen und hat ihm mit den Fäusten auf die Brust getrommelt. Und ich bin halt dazwischen und schließlich mit ihm raus. Im Korridor hab ich ihm gesagt, dass das nicht geht. Dass du vermutlich alles hören und wahrnehmen kannst und dass da solche Kommentare echt scheiße sind. Der Brenninger hat mich weggeschubst und gesagt: »Wenn der Hannes wieder wird, dann ist er ein geistiger Krüppel, das ist Fakt. Wünscht euch bloß, dass er stirbt! Wünscht euch das bloß!«

Ich habe dir das natürlich nicht erzählt, aufschreiben muss ich es aber trotzdem. Und es ist ja auch so, Hannes, wenn du das einmal lesen solltest, hat sich der Brenninger Gott sei Dank geirrt.

Irgendwie hat mir das aber keine Ruhe gelassen, und so bin ich heute früh zum Schnauzbart ins Büro und hab ihn eben gefragt, wie das ist mit deinem geistigen Zustand. Rausgekommen ist nix dabei. Er hat mich über die Akten und seine Brille hinweg angesehen und gesagt, er wär genauso schlau wie wir. Er sagt, sie haben alle nur erdenklichen Untersuchungen und Tests gemacht mit dir. Er sagt, alles ist möglich. Dass du wieder ganz der Alte wirst, dass sich dein Zustand noch verbessert, dass sich dein Zustand nicht verbessert und im schlimmsten Fall, davon wollen wir aber nicht ausgehen, hat er gesagt, dass du stirbst. Eine neue Lungenentzündung, eine kleine Erkältung, das alles könne zum Tode führen. Er wisse es nicht und es täte ihm auch sehr leid, mir nichts Besseres sagen zu können. Im Grunde dürfe er mir eh nix erzählen, weil wir ja noch nicht mal verwandt sind. Na ja.

Bin übrigens am Samstag nach dem Krankenhaus noch beim Kalle vorbeigefahren und hab nach ihm geschaut. Er hat die Tür nur einen winzigen Spalt aufgemacht, war im Morgenmantel und hat gesagt, er braucht jetzt seine Ruhe. Es sind zu viele Dinge passiert in den letzten Monaten, die er erst einmal verarbeiten muss. Und dann müsste er auch immer an seine Mutter denken und an die kleine Joco. Er hat gesagt, er hätte das Mädchen Joco genannt, weil er Johanna oder Hanna nicht über die Lippen bringen würde, einfach, weil es dein Name ist, Hannes. Deshalb nennt er sie Joco, für Johanna und Cornelia. Da wäre wenigstens ein bisschen von der Nele mit drin, hat er gesagt. Mehr hab ich leider nicht aus ihm rausgebracht, er hat mir dann die Tür vor der Nase zugemacht. Ich hab noch hinterhergebrüllt: »Du tust dir doch nichts an, oder?«, und er hat gebrüllt »Nein!« Dann hab ich noch gebrüllt: »Schwör's auf die Joco!« Da war erst mal Stille. Er hat aber die Tür noch mal kurz einen Spaltbreit geöffnet und gesagt: »Ich schwör's auf die Joco, mein Freund!«

Bin gestern noch mit dem Flori zum See gefahren und hab ihn dort der Zina übergeben. Zu treuen Händen sozusagen. Es ist auch von dem Herrn Stemmerle abgesegnet worden, dass die beiden dort nun zusammen eine Weile wohnen können. Als ich nach Hause gefahren bin, regnete es, und die Temperatur war unangenehm. Nehme mal an, das war die letzte Tour für heuer, und ich muss nun endlich die Garage aufräumen, damit die Zündapp reinpasst. So, das war mein Wochenende, weitere Berichte folgen.

Freitag, 03.11.

Servus Hannes,
hab dir nun eine Weile nicht geschrieben, werde aber alles nachholen, mein Freund. Hab mir nämlich eine fette Erkältung eingefangen auf der Zündapp und bin jetzt erst mal 'ne Woche flachgelegen. Ich darf natürlich noch nicht rein zu dir. Auch von den Insassen soll ich mich noch fernhalten, hat die Walrika gesagt. Das ist aber nachts eh nicht so schwierig. Langsam geht's mir wieder besser, und auch mein ausgeprägtes Selbstmitleid reduziert sich täglich.

Gestern war ja mein Geburtstag. Der erste überhaupt, den ich ohne dich hatte, seit ich denken kann. Und ich konnte dich noch nicht mal im Krankenhaus besuchen. Na ja. Da ich tagsüber das Telefon ausgeschaltet halte, wegen meinem kostbaren Schlaf, konnten mich eigentlich nur meine Eltern erreichen. Sie haben angerufen, gerade als ich abends aus der Dusche kam und kurz bevor ich zur Schicht musste. Ich stand nackig im Flur und tropfte an allen erdenklichen Stellen. Nachdem sie mir gratuliert hatten, hat mich mein Vater gefragt, ob ich denn wieder Fortschritte mit der Posaune gemacht hätte. Und irgendwie ist dann der Gaul mit mir durchgegangen. Ich habe ihn angeschrien, dass ich diese dämliche Posaune noch nie haben wollte. Dass ich einfach auf irgendeinem Kindergeburtstag in eine marsgrüne Plastikposaune geblasen habe, wie alle anderen Kinder dort auch. Dass aber kein anderer Vater am nächsten Tag losgerannt sei, um eine Posaune zu kaufen, weil er gefunden hat, dass das Kind so begabt in die Plastikposaune gepustet hätte. Und dass er mich um Gottes willen künftig mit der blöden Posaune verschonen solle. Er hat gesagt, er versteht das schon, an einem Geburtstag kommen oftmals die Emotionen hoch, das gehe ihm genauso. Morgen ist wieder ein ganz normaler Tag, wirst sehen, Junge, hat er gesagt. Und dass es ihm nichts ausmacht, was ich jetzt alles gesagt hab, weil er doch tief in seinem Herzen weiß, dass ich tief in meinem Herzen die Posaune liebe. Ich bin danach nackig und tropfend mit der Posaune in den Speicher hoch und hab sie hingebracht, wo ich sie herhatte. Meine Nachbarin hat gerade die Wäsche abgenommen und hat mich komisch angeschaut. Egal.

Jedenfalls hat mir die Walrika einen Mini-Gugelhupf mitsamt Kerze auf den Balkon hinausgebracht und hatte auch einen Piccolo unter der Kutte. Später haben mich der Brenninger und der Rick gemeinsam hier im Vogelnest angerufen und Happy Birthday in den Hörer gegrölt. Sie haben gesagt, sie seien gerade im Sullivan's und würden meinen Geburtstag feiern. Und ich soll mich jetzt mal nicht so anstellen und auch hinkommen. Ich kann ja meine Insassen einfach mitnehmen. Dann würden wir alle 'ne Riesensause machen. Ja.

Bin gestern ins Krankenhaus gefahren, um zu erfahren, wie es dir geht. Zu dir rein durfte ich natürlich noch nicht. Deine Mutter ist mit der Kleinen durch die Gänge marschiert, und die Nele hat mich nach einer Zeit durchs Türfenster erspäht. Sie ist zu mir rausgekommen und hat gesagt, es ist alles unverändert. Du würdest gucken und auch Hände drücken, sonst gäb's aber nix Neues. Ich hab sie gefragt, ob sie dir denn das Kind schon mal gezeigt hätte, und sie hat gesagt, nein. Deine Mutter hält es dir zwar ab und zu über den Kopf, da du aber an der Wand kreist, nimmst du es nicht wahr. Ich hab gesagt, sie soll es dir mal auf die Brust legen. Du könntest es sicherlich viel besser wahrnehmen, wenn du es spürst.

Als deine Mutter kurz darauf von ihrer Tour zurückkam, hat die Nele das Kind genommen und es dir auf die Brust gelegt. Keine Bettdecke dazwischen und keine fremde Hand. Einfach Vater und Kind. Dann hat sie deine Hände genommen und auf den Rücken der Kleinen gelegt. Deine Mutter stand vor deinem Bett und hatte die Hand vor dem Mund, an ihren Augen konnte man sehen, wie sehr sie das berührte. Die Nele kniete vor deinem Bett ganz nah bei euch beiden und hat gesagt: »Das ist deine Tochter, Hannes. Und sie heißt Johanna Cornelia.«

Ich stand vor dem Türfenster und war wohl der Erste, der die Träne bemerkt hat, die dir über die Wange lief, mein Freund. Hab mich abgedreht und bin gegangen. Erst nach vielen Schritten konnte ich die aufgeregten Frauenstimmen hören, die die Träne entdeckt haben in deinem Gesicht.

Sonntag, 05.11.

Hab ganz vergessen zu erzählen, dass wir Allerheiligen alle zusammen an dem Grab von der Frau Stemmerle waren. Es waren die Insassen dabei, natürlich die Walrika und der Herr Stemmerle, der hatte den Flori mitgebracht. Wir standen also um das frische Grab, und die schwarze Erde war leicht angefroren. Auch die Blumen hatten einen Zuckerguss bekommen und unser Atem dampfte schon weiß. Es war kalt und trostlos, und doch hatte der Besuch dieses Grabes etwas unglaublich Schönes. Der Friedhof war voller Menschen und eine Kapelle spielte Trauermusik. Ich weiß nicht, wer damit begonnen hat, vermutlich einer der Insassen. Jedenfalls hat mich plötzlich jemand an der Hand gefasst, und als ich mich umsah, hatte sich ein Kreis gebildet. Ein Kreis um das Grab von der Frau Stemmerle. Ich hab in die Gesichter der Menschen im Kreis gesehen, und jeder von ihnen hat mir zugenickt. Freundlich und voller Zuversicht. Und die Frau Stemmerle war genau in unserer Mitte. Das war ein erstklassiges Erlebnis, Hannes. Jedem von unseren Insassen ist in der Vergangenheit etwas sehr Schlimmes geschehen, weißt du. Etwas, das sie einfach nicht mehr zurückkehren lässt in ein normales Leben. Und trotz dieser Erfahrungen haben mir die Menschen dort so eine Zuversicht gegeben wie sonst selten jemand zuvor. Egal.

Jedenfalls ist mir dann die Geschichte wieder eingefallen, wie wir beide zusammen ausgerissen sind von zu Hause. Weißt du das noch, Hannes? Wir waren damals so zehn oder elf. Wir hatten einen Film gesehen, in dem ein Junge ausreißt von zu Hause und dann ganz tolle Abenteuer erlebt. Das war klasse, und wir wollten das natürlich unbedingt auch erleben. Wir haben unsere Sachen gepackt in diese winzigen Rucksäcke, und ich hatte 'nen Schnorchel und Taucherflossen dabei, weil der Junge im Film eben auch beim Tauchen war. Es war Ende Oktober und ich hatte noch nicht mal einen Schal dabei. Dafür aber Schnorchel und Taucherflossen. Na, jedenfalls waren wir immerhin zwei Tage und eine Nacht unterwegs. Wir haben von unserem gemeinsamen Geld am ersten Tag jeder 'ne Pizza gekauft und dann waren wir pleite. Irgendwie hatten wir uns das alles ein bisschen anders vorgestellt, nicht wahr? Es war doch alles so einfach in dem Film. Wir aber haben elendig gehungert und gefroren und sind schließlich am Münchner Hauptbahnhof von der Bahnpolizei aufgegriffen worden. Meine Eltern haben uns dort abgeholt und dich nach Hause gefahren. Anschließend musste ich mit ihnen ans Grab meiner Großeltern, weil eben Allerheiligen war. Ich habe dort sonst nie mit hinmüssen, weil sie halt geglaubt haben, das ist nichts Schönes für ein Kind. Diesmal aber musste ich mit. Sie haben mir einfach nicht mehr getraut. Obwohl ich an diesem Tag ganz bestimmt nicht mehr abgehauen wäre.

Ein paar Tage später haben wir beide beschlossen, das nächste Mal im Sommer abzuhauen, weil es da warm ist und wir dann tauchen können. Und außerdem würden überall Früchte wachsen. Von denen könnten wir ganz wunderbar leben. Leider haben wir den Gedanken irgendwann vergessen. Wer weiß, Hannes, vielleicht wären wir ja längst in Amerika und unser Traum wär wahr geworden und wir würden als Cowboys durch die Wildnis reiten.

Was ich dir noch erzählen muss: Am Abend vor dem Besuch am Friedhof wurde im Vogelnest Kürbissuppe gegessen. Die Insassen haben tagelang Grimassen in Kürbisse geschnitzt und die Walrika hat die dann vorm Vogelnest aufgestellt und Kerzen reingemacht. Sie hatte Teufelshörner auf dem Kopf und einen roten Umhang über der Kutte. Dazu trug sie einen selbst gemalten Oberlippenbart, dessen Form etwas unglücklich gewählt war und mich ganz stark an Hitler erinnerte. Die Kinder der Nachbarschaft kamen den ganzen Abend lang und haben »Süßes, sonst Saures« gefordert. Und die Walrika hat den ganzen Abend lang Süßes verteilt. Besonders gut wirkte der Bart, wenn sie ihren rechten Arm ausstreckte, um den Kindern zum Abschied zu winken.

Mittwoch, 08.11.

War heute vor der Schicht bei dir und bin auf deinen Vater gestoßen. Er hat mir erzählt, dass er die Scheidung eingereicht hat. Mich hätte das fast umgehauen. Er roch etwas nach Alkohol und hat gesagt, er kommt mit der Situation nicht mehr klar. Weder mit deiner noch mit der deiner Mutter, ganz zu schweigen von dem Kind. Er war nun grad bei dir, um sich zu verabschieden, und wird nun erst mal nach Gelsenkirchen zu seinem Bruder fahren. Vielleicht wird er da auch bleiben, das weiß er noch nicht, er könne aber als freiberuflicher Fotograf von überall aus arbeiten. Und es wär ohnehin scheißegal, wo er seine Fotos schießt. Er wird auch den Hund mitnehmen, hat er gesagt. Du könntest ihn jetzt eh nicht brauchen und deine Mutter hätte ja das Balg. Wir haben uns dann verabschiedet und mir war schon etwas komisch dabei.

Bin hinterher noch zu dir rauf, und da war deine Mutter, diesmal ohne Nele und Kind, und hat auf deiner Bettkante gesessen. Wir waren eine ganze Weile gemeinsam bei dir und haben uns auch unterhalten, Hannes. Sie hat aber keinen Ton über deinen Vater gesagt. Mich würde nur interessieren, ob sie es nur mir nicht sagen wollte, oder ob sie es selber nicht kapiert. Nicht kapieren will, was da abgeht. Ich hab mich aber nicht fragen trauen und bin dann eben wieder gegangen. Sie machte mir nicht den Eindruck, dass sie demnächst das Feld räumen würde, und deshalb bin ich halt zuerst weg.

Hab der Walrika auf dem Balkon die Geschichte von der Trennung deiner Eltern erzählt. Hab gesagt, dass mich das ziemlich fertigmacht, dass jetzt auch noch so was kommt.

Dass eure Familie jetzt doch erst recht zusammenhalten müsste, gerade jetzt nach deinem Unfall. Und die Walrika hat gesagt: »Manche Familien wachsen an einem Schicksalsschlag, andere zerbrechen daran. Dazwischen gibt es nichts. Es gibt keine Familie, bei der das Leben normal weiterläuft, Uli, auf der ganzen Welt nicht. Und eine Familie, die einen Schicksalsschlag nicht zusammen meistert, wäre über kurz oder lang sowieso auseinandergefallen.« Vermutlich hat sie recht, aber es tröstet mich trotzdem nicht. Muss nun meine Runde drehen.

Montag, 13.11.

Hannes, mein Freund,
sie haben dich in einen Rollstuhl gesetzt! Das ist unglaublich. Als ich gestern bei dir war, bist du in einem Rollstuhl am Fenster gesessen und hast in die Kastanie geschaut. Die hat leider kein einziges Blatt mehr, steht nur da, kahl und leer mit ihren alten knorrigen Ästen, und lässt sich halt anschauen. Gibt gnädig den Blick frei auf das Wesentliche. Kein schmückendes Blattwerk, keine roten Blüten, nur der mächtige Stamm mit all seinen Ästen und Zweigen, die viele Jahre brauchten, um zu werden, was sie sind. Genau wie du, Hannes. Du bist noch das alte Gerüst, sitzt etwas schief in deinem Rollstuhl und lässt dich anschauen. Das ist alles. Und das ist auch genug. Genug für den Anfang. Deine Blüten und Blätter werden folgen. Genau wie bei der Kastanie. Du wirst deine Stimme wiederfinden und dein Gehör. Deine Beine werden den Boden wiederfinden und deine Augen werden wieder sehen,

ohne zu kreisen. Daran glaub ich fest. Bis dahin ist es noch ein langer Weg. Und wir müssen geduldig sein. Aber auch die Kastanie braucht noch ein Weilchen, ehe ihr Zierwerk wieder das Wesentliche verhüllt. Das werden wir abwarten können, jede Wette. Du sitzt also vor dem Fenster und ich setz mich dazu. Du kreist in der Kastanie und ich nehme deine Hand. Darauf reagierst du klar und deutlich und suchst mit deinem wackelnden Kopf den meinen. Wirst schließlich fündig, und als dein Blick mich erreicht, drückst du meine Hand. Das ist klasse, mein Freund, und ich hätte noch vor sehr kurzer Zeit so was für komplett unmöglich gehalten. Als du nämlich in deinen Nebelschwaden gelegen bist und ich dich noch nicht mal durch das kleine Fenster in deiner Zimmertür sehen konnte. Da warst du so weit weg von mir wie nie zuvor. Und jetzt bist du wieder da und drückst meine Hand. Dein Kopf wackelt wieder hinaus in die Kastanie, aber der Druck deiner Hände bleibt. Ich drücke zurück und erzähle dir eben von diesen Gedanken.

Freitag, 17.11.

Sitze hier im Vogelnest unter einer Stehlampe und schreib dir ein paar Zeilen, Hannes. Gerade ist mir aufgefallen, dass ich seit Sonntag kein Tageslicht mehr gesehen habe. Wenn ich am Nachmittag aufsteh, ist es schon dunkel, und wenn ich morgens heimkomm, immer noch. Na ja.

Hab übrigens meine Posaune wieder vom Speicher holen müssen, weil die Insassen halt beschlossen haben: keine Posaune beim Morgenappell, kein Morgenappell. Sie sind einfach in ihren Betten geblieben und haben mich boykottiert. Nur auf den Schwur hin, am nächsten Tag wieder zu posaunen, sind sie schließlich aus den Federn gekommen.

Die Walrika hat mich am Dienstag auf dem Balkon gefragt, ob ich denn am Silvesterabend vielleicht 'ne Stunde ins Vogelnest kommen könnte. Die Insassen würde das unglaublich freuen und sie selber natürlich auch. Ich hätte mir eigentlich denken können, dass dahinter wieder ein mieser Trick steckt. Aber ich habe gutgläubig und zugegebenermaßen auch etwas geschmeichelt gleich zugesagt. Das Ende vom Lied war, dass sie sich zuerst recht herzlich bedankt hat dafür, und dann ist sie rausgerückt mit der Sprache. Sie hat gesagt, das wäre ja klasse, weil, wir könnten doch prima für die Insassen ein kleines Theaterstück einüben. Und nun werde ich also am Silvesterabend mit der Walrika zusammen ›Dinner for one‹ aufführen und den Insassen in der Rolle des James den Abend versüßen. Toll. Die Walrika hat mich anschließend in die Wäschekammer gezogen und mir einen Frack und eine Perücke mit Halbglatze und grauem Haarkranz präsentiert. Sie hatte das alles bis ins kleinste Detail geplant und meine grenzenlose Naivität fest mit eingerechnet. Jedenfalls stand ich in der Wäschekammer mit Frack und Perücke und die Walrika hat sich gekrümmt vor Lachen und immer gesagt: »Nehmen Sie das nicht persönlich, Uli. Nehmen Sie das in Gottes Namen nicht persönlich!« Dabei hat sie fast keine Luft mehr gekriegt. Sie hat sich mit dem Ärmel der Kutte die Tränen abgewischt und mir ein Heftchen in die Hand gedrückt mit dem Text, den ich lernen sollte. Ich glaub, das kann ich mir sparen, weil ich vermutlich die Menschen schon allein mit meinem Anblick von den Bänken reißen werde. Egal.

Jedenfalls werden wir zwei am Silvesterabend die Insassen beglücken, und das ist doch auch was Schönes.

War diese Woche nach der Schicht zweimal bei dir, da bist du aber in deinem Bett gelegen und hast an der Wand gekreist. Da es aber frühester Morgen ist, wenn ich komme, ist das auch ganz normal. Vermutlich sitzt du nachmittags am Fenster. Habe leider niemanden angetroffen, den ich fragen könnte. Die Schwester hat gesagt, sie weiß es nicht, weil sie seit Tagen die Nachtschicht hat, und der Schnauzbart war noch nicht da. Werde am Wochenende nachmittags kommen und hoffe, dich dann am Fenster anzutreffen, mein Freund. Hab mich morgen Abend mit dem Brenninger verabredet, muss dringend mal raus.

Montag, 20.11.

War am Samstag und Sonntag jeweils am Nachmittag bei dir und du hast in der Kastanie gekreist. Habe mich gefreut, dich im Rollstuhl anzutreffen, auch wenn dein Kopf schief ist und baumelt. Bin auf dem Fensterbrett gesessen und hab dir von den letzten Tagen erzählt. Hab dir die Eishockeyergebnisse vorgelesen und bin mit dir meinen Text für Silvester durchgegangen. Manchmal hast du deinen Kopf zu mir hergedreht (nicht lange zwar, aber immerhin) und meine Hand gedrückt. Einmal war deine Mutter kurz da mit ganz verweinten Augen. Das war ihr wohl peinlich, jedenfalls hat sie gesagt, sie käme später wieder. Sonst war niemand bei dir, Hannes. Die Belagerungszustände von einst sind wohl Geschichte.

War am Samstagabend mit dem Brenninger im Sullivan's, dort hat 'ne Liveband Irish Folk gespielt, und das war großartig. Später ist auch der Rick noch dazugestoßen, der war aber leider ziemlich voll, und das hat seine naturgegebene Aggressivität leider deutlich erhöht. Jedenfalls hat der Brenninger irgendwann gesagt, dass er nicht mehr zu dir reinkommt, weil du halt daliegst wie ein verdammter Mongo, und ich hab gesagt, dass das nicht stimmt. Dass du jetzt schon im Rollstuhl sitzt, Hände drückst und den Kopf bewegst. Das mit dem Gewackel hab ich weggelassen, weil ich das nicht so wichtig gefunden hab. Der Brenninger hat gesagt, das wär scheißegal, ob du im Bett oder im Rollstuhl vor dich hin dümpelst, jedenfalls würdest du eben dümpeln, und das kann er nicht mehr ertragen. Und ich hab gesagt, dass es jetzt bergauf geht, und weiter bin ich eigentlich nicht mehr gekommen. Weil dann hat sich der Rick eingemischt und gesagt: »Wie lang willst du dir eigentlich noch was vormachen, du Arschloch? Siehst du denn die Wahrheit nicht? Oder willst du sie nicht sehen? Der Hannes ist tot. Da kann der Typ im Rollstuhl noch hundertmal Hände drücken und an den Wänden kreisen. Das ist doch nicht mehr unser Hannes, verdammt! Das ist ein gottverdammter Mongo, und du bist ein gottverdammtes Arschloch!«

Leider ist er beim letzten Satz mitten in die Spielpause der Band reingekommen, und nun sind halt alle Blicke im Sullivan's an mir, dem gottverdammten Arschloch, geklebt. Das war nicht schön. Da ich die Aufmerksamkeit der anderen Gäste nicht weiter strapazieren wollte, hab ich lieber gar nix mehr gesagt.

Der Rick hat später noch erzählt, dass der Kalle jetzt wieder mal bei der Nele war, um die kleine Joco zu besuchen. Und dass es ihm langsam wieder besser geht. Er hat gesagt, der Kalle kann dich auch nicht mehr besuchen, einfach weil er sich so schämt. Weil er ein elendiger Verräter ist, soll er gesagt haben. Na ja. Es sieht wohl so aus, Hannes, als würden wir zwei nun allein bleiben und ich müsste mir keine Gedanken mehr machen, dass uns jemand stört.

Freitag, 24.11.

Servus Hannes,
heute in einem Monat ist Weihnachten, kannst du das glauben? Die Zeit vergeht und das Jahr ist gleich rum und auch meine Zeit hier im Vogelnest neigt sich dem Ende zu. Am Wochenende haben wir nun unseren Weihnachtsbasar. Der Typ von der Zeitung war wieder da und hat im Vorfeld einen Bericht gebracht, damit eben möglichst viele Besucher kommen. Der Florian ist seit ein paar Tagen zurück, nur vorübergehend zwar, weil er halt auch den Garten ein wenig dekorieren sollte. Und das hat er natürlich mit Bravour gemacht. Er hat Lichterketten in die alten Bäume gehängt und überall Töpfe mit roten Beeren und Tannengrün aufgestellt. Eine dicke Girlande mit roten Schleifen ziert nun den Eingang vom Vogelnest und alles sieht unglaublich behaglich aus. Die Insassen basteln quasi im Akkord und sind dabei selig. In der Küche werden Plätzchen gebacken, Tag für Tag, und allein ihr Duft ist eine Qual. Wenn mich trotz aller guten Vorsätze wieder einmal der Weg direkt zu den Plätzchendosen führt, meine Hand hineingreift, um endlich das leidige Suchtverhalten zu befriedigen,

kannst du drauf wetten, dass wie aus dem Erdboden heraus die Walrika erscheint. Und obwohl ihr Gezeter in keinem Verhältnis steht zu dem Genuss, treibt es mich immer und immer wieder zu den Dosen. Ja, du siehst, die Vorbereitungen sind bald abgeschlossen und wir sehen alle in aufgeregter Erwartung der Eröffnung des Weihnachtsbasars entgegen.

Übrigens hab ich gestern wieder mal beim Schnauzbart nachgefragt, wie das mit deiner geistigen Entwicklung und so aussieht, weil eben der Brenninger und der Rick so blöd dahergeredet haben. Aber der Schnauzbart hat ähnlich blöd dahergeredet, Hannes. Er war wohl auch etwas grantig, keine Ahnung. Jedenfalls hat er gesagt: »Also, wissen Sie, Uli«, dabei ist er von seinem Schreibtisch aufgestanden und hat die Lesebrille abgenommen. Dann ist er ans Fenster und hat tief durchgeschnauft. Erst danach hat er weitergeredet: »Wissen Sie, dass Sie mir langsam, aber sicher auf den Nerv gehen? Eigentlich hätte ich jetzt bei Ihrem Besuch erwartet, dass Sie sich bedanken. Bedanken für die Fortschritte, die der Hannes macht. Wenn man bedenkt, dass er noch vor Kurzem dem Tode näher war als seinem Pyjama. Und jetzt sitzt er im Rollstuhl, erkennt seine Leute und drückt deren Hände. Das ist ein Wunder, junger Mann. Danken Sie Gott dafür, und jetzt verpissen Sie sich!«

Wie gesagt, er war nicht gut drauf irgendwie.

Dienstag, 28.11.

Das Wochenende war ziemlich anstrengend, und davon werd ich nun berichten, mein Freund. Der Basar war ein glatter

Erfolg, es waren unglaublich viele Menschen da, teilweise standen sie bis auf die Straße. Ja, so ein paar Spinner anzusehen, das hat wohl gerade in der Vorweihnachtszeit einen ganz besonderen Reiz. Und wenn man denen auch noch was Gutes tun und ihre Basteleien abkaufen kann, hat man doch das reine Gewissen gleich mit erstanden, nicht wahr?

Na, jedenfalls ging das Geschäft vortrefflich, und am Abend saß die Walrika mit hochgeschlagenen Kuttenärmeln in der Küche und zählte frohlockend ihre Scheine. Hinterher hat sie gesagt: »Das müssen wir im nächsten Jahr unbedingt wiederholen, Uli!«

Und da ist mir eingefallen, dass ich im nächsten Jahr nicht mehr hier sein werde. Weder zu Ostern und schon gar nicht zu Weihnachten, und das hat mich etwas traurig gemacht. Na ja.

War am Wochenende natürlich bei dir und habe mit Freude festgestellt, dass deine Schläuche weg sind. Die Schwester hat mir erzählt, du würdest jetzt langsam Nahrung zu dir nehmen. Sie hätten mit einer Schleimsuppe begonnen, und die hättest du ganz gut vertragen. Das mit dem Schlucken müsste noch besser werden, aber im Grunde klappt es schon ganz gut. Bin später in den Genuss gekommen, dich mit Schleimsuppe zu füttern, mein Freund. Und ich muss schon sagen, dein Wunsch nach schlauchloser Nahrung muss schon immens sein. Egal. Jedenfalls sind wir danach am Fenster gesessen und haben unsere Hände gedrückt. Wir waren wieder allein und ich finde es furchtbar. Es ist trostlos und qualvoll, dass ich hier alleine sitz und sonst niemand mehr kommt, der mir auf die Nerven geht.

Deshalb bin ich anschließend auch zur Nele geradelt und hab an ihrer Tür geläutet. Sie hat mich reingebeten und Tee gekocht. Ich hatte in der Zwischenzeit die Kleine auf dem Arm und hab sie mir mal genau angeschaut. Konnte aber keine Ähnlichkeit erkennen. Weder mit dir noch mit der Nele. Es ist halt ein Baby wie alle anderen auch. Sollte ich selber mal Kinder haben, werde ich sie gleich nach der Geburt tätowieren lassen, einfach um sie im Notfall wiederzufinden. Jedenfalls hat mir die Nele gesagt, dass sie nicht mehr zu dir reinwill, weil sie der Kleinen deinen Anblick ersparen möchte. Sie hat Angst, dass die Joco davon ein Trauma bekommt, hat sie gesagt. Hat die 'nen Vogel? Ich hab ihr gesagt, dass das eine Scheißausrede ist und sie soll jetzt mal Klartext reden. Und sie ist in Tränen ausgebrochen und hat gesagt, dass sie sich jetzt in den Kalle verliebt hat. Ich hab ihr dann leider nur noch sagen können, dass sie eine verlogene kleine Schlampe ist und ich ihr die Krätze an den Hals wünsch. Danach bin ich gegangen.

Natürlich musste ich jetzt auch die Gegenseite noch hören und bin also zum Kalle geradelt. Der hat es gleich gar nicht mit Ausreden versucht, sondern hat mir klipp und klar gesagt, dass er sich in die Nele verliebt hat. Ich hab ihm bloß eine gescheuert und bin weg.

Hinterher hatte ich das dringende Bedürfnis nach ganz viel Bier und bin ins Sullivan's. Das war am Samstagabend. Und da saß der Rick am Tresen und hat sich mit deiner Mutter unterhalten, Hannes. Später kam der Wirt dazu, weil der seit hundert Jahren mit deinen und meinen Eltern befreundet ist, und hat ein paar Runden ausgegeben. Jedenfalls hat deine Mutter uns erzählt, dass die Nele das Kind nun nicht mehr rausrücken will, eben wegen deinem Anblick. Dabei hat sie geweint. Dann hat sie erzählt, dass sich dein Vater nicht mehr meldet, Hannes, und noch nicht mal fragt, wie es dir geht. Dabei hat sie auch geweint. Und danach hat sie uns die ganzen alten Geschichten erzählt, die sie und dein Vater gemeinsam mit meinen Eltern erlebt haben, und der Wirt hat heftig mitgeredet. Dabei haben beide geweint. Irgendwann sind wir mit ihr raus und haben sie zum Taxi gebracht.

Anschließend hat der Rick bei mir geschlafen und wir haben STS gehört und alte Fotos angeschaut. Er hat erzählt, dass es ihm so graust, weil er jetzt bald zur Bundeswehr muss. Er hat wohl beim Einstellungstest alle Register gezogen, es hat aber leider nix genützt. Der Typ dort hätte nur gesagt, der Bart muss ab und auch die Haare, und das findet er scheiße. Ich eigentlich nicht, weil er mittlerweile ausschaut wie Jesus Christus, und wenn er dann noch so jämmerlich guckt wie jetzt eben, könnte er gut auf ein Kreuz passen. Wir haben auch noch über dich gesprochen, habe aber kein Wort über die Besuche bei der Nele und dem Kalle verloren. Irgendwann hab ich ihn halt gebeten, wieder zu dir reinzukommen. Er hat den Kopf geschüttelt und gesagt: »Ich kann es nicht, Uli. Ich kann es einfach nicht mehr.«

Mittwoch, 06.12.

Ho, ho, ho! Hatte gestern die Ehre und das ausgesprochene Vergnügen, für unsere Insassen den Nikolaus abzugeben. Und ich muss sagen, es war großartig. Gleichzeitig war es für mich so 'ne Art Generalprobe für den Silvesterabend.

Also, ich hab den Nikolaus gemacht, rotgewandet, mit Sack und Rute, und habe jedem der Insassen ein Gedichtlein vorgetragen über seine Schandtaten, das die Walrika zuvor in liebevollen Worten gereimt hatte. Anschließend habe ich Orangen, Nüsse und Schokolade verteilt und war somit der Held. Die Insassen haben applaudiert und die Walrika hat sich gefreut. Egal. Jedenfalls muss ich die Redlich in meinem roten Umhang derart scharf gemacht haben, dass wir später in der Wäschekammer gelandet sind. Und ich muss schon sagen, ich habe wohl in meiner Verkleidung echt gut gewirkt, denn als ich morgens damit ins Krankenhaus kam, waren die Schwestern begeistert. Bin dann eben mit einem »Hohoho« zu dir rein und du hast gegrinst. Hast deinen wackeligen Kopf zu mir hergedreht und hast gegrinst.

Übrigens hat dir deine Mutter einen Adventskranz auf den Tisch gestellt und wir haben die erste Kerze angezündet. Später ist 'ne Schwester reingekommen und hat gesagt, ich soll die verdammte Kerze ausblasen, wenn ich geh, sonst fackelt das ganze Krankenhaus ab.

Ach ja, und ich hab meine Eltern in Spanien angerufen und ihnen erzählt, dass sich dein Vater nicht meldet und dass deine Mutter deswegen ziemlich fertig ist. Mein Vater hat dann gesagt, er wird den deinen anrufen dort in Gelsenkirchen und wird ihm mal die Meinung posaunen. Sonst gab's aber eher wieder Blabla, was ja nicht neu ist, aber egal, weil der eigentliche Grund meines Anrufes hatte sein Ziel ja bereits erreicht.

Im Vogelnest haben wir wieder einen Neuzugang bekommen, wieder eine ältere Dame, reizend, wirklich, und sie hat jetzt das Zimmer von der Frau Stemmerle. Da ich aber aus den schmerzhaften Geschehnissen mit der Frau Stemmerle ein gebranntes Kind bin, werde ich keinesfalls ein weiteres Mal so viel Nähe zulassen, dass es hernach wieder wehtut. So, das war's für heute, muss jetzt meine Runde drehn.

Montag, 11.12.

Hallo Hannes,
hab grade eifrig meinen Text für Silvester geübt und muss sagen, ich werd immer besser. Ja, ich geh richtig auf in der Rolle. Ich, als James, sturzbesoffen, hundertmal über einen Bärenschädel fallend (leider konnten wir keinen Tiger bekommen). Schließlich an der Seite von Walrika, alias Miss Sophie, auf den Stufen des Vogelnestes entschwindend zu den Räumen empor – und dann fällt der Vorhang. Ja, das hat was.

War am Wochenende bei dir und durfte dich mit Schleimsuppe füttern. Das ist ziemlich langwierig, weil du noch ungeübt bist und dir ständig der Sabber aus dem Mund läuft. Irgendwann ist die Suppe kalt (was scheißegal ist, weil sie auch warm widerlich schmeckt) und wir sind noch lange nicht fertig. Aber mit ein bisschen Geduld kriegen wir das schon hin, mein Freund. Nach einer Weile ist deine Mutter gekommen und hat mir erzählt, dass sie neulich mit dem Schnauzbart geredet hätte. Und der hat wohl gesagt, dass deine Zeit hier im Krankenhaus jetzt langsam rum ist, weil sie da nix mehr für dich machen können. Er hat gesagt, du wärst jetzt ein Pflegefall und müsstest somit in ein Pflegeheim. Jedenfalls könntest du keinen Platz mehr für einen Kranken blockieren, weil du eben nicht mehr krank bist. Der hatte ein

Riesenglück, dass es Samstag war und er nicht im Haus. Ich glaub, ich hätt ihn sonst aus dem Fenster gehängt. Wie damals, Hannes, weißt du das noch?

Wir waren so in der vierten oder fünften Klasse und haben die Erstklässler gerne mal aus dem Fenster gehängt. Wenn sie uns genervt haben oder so. Und einmal hatten wir diesen Bauernbuben an den Fußfesseln kopfüber aus dem Fenster hängen und er ist uns einfach aus seinen Gummistiefeln gerutscht. Das war ein Schreck, weißt du das noch, Hannes? Wir hatten ein Riesenglück, dass er bloß in den Flieder fiel. Er hat nur aus der Nase geblutet und hatte ein paar Schrammen, aber wir konnten ihm mit einigen Süßigkeiten ewiges Stillschweigen abkaufen. So hätte ich es gerne mit dem Schnauzbart gemacht. Einfach aus dem Fenster hängen. Im Idealfall, wenn er grad Gummistiefel trägt. Aber leider war er nicht da. Egal.

Jedenfalls hat deine Mutter gesagt, sie kann dich nicht pflegen. Sie würde den ganzen Tag arbeiten und könne dich nicht so lang alleine lassen. Außerdem müsste sie dringend was verdienen, weil dein Vater mit dem Unterhalt knausert und man ihm durch seine selbstständige Arbeit noch nicht mal was beweisen kann. Sie war ganz schön fertig, Hannes. Aber trotzdem hab ich's ziemlich scheiße gefunden, dass sie das alles in deiner Gegenwart gesagt hat. Du bist dagelegen und hast an der Wand gekreist. Kein Händedruck, kein Grinsen, kein gar nichts. Ich hab das ganz schön schlimm gefunden, mein Freund.

Na, jedenfalls hab ich davon der Walrika auf dem Balkon erzählt und hab sie gefragt, ob wir den freien Platz vom Flori nicht an dich weitergeben könnten. Sie hat erst mal tief an ihrer Zigarette gezogen und überlegt. Dann hat sie gesagt, dass sie zuerst mit dem Jungen reden müsste, was der weiterhin vorhat. Und wenn der Flori nicht ins Vogelnest zurückkommt, ist die Sache auch nicht so einfach, hat sie gesagt. Weil nämlich der Platz auch bezahlt werden muss. Und da deine Eltern ja nicht gerade schwimmen im Geld, müsste eben das Spendenkomitee befragt werden. Das sind halt ein paar Sponsoren, die für solche Fälle aufkommen. Zuallererst müsste sie sich aber selber ein Bild machen von dir, hat sie gesagt, weil wir hier im Vogelnest keine Intensivpflege betreiben können. Sie wird dich die nächsten Tage besuchen und danach entscheiden, ob du fürs Komitee infrage kommst. Also reiß dich zusammen, mein Freund.

Freitag, 15.12.

Wir haben den ersten Schnee, Hannes. Es hat gestern Nacht irgendwann mal angefangen zu schneien und ich hab's nach meinem Rundgang auf dem Balkon bemerkt. Ich bin raus, um eine Zigarette zu rauchen, und da sind diese weißen Flocken vom Himmel runtergefallen und haben sich auf die Welt gelegt. Das war klasse.

Hab heut früh noch im Vogelnest gefrühstückt. Ich schmiere jetzt immer für die Frau Obermeier die Buttersemmeln. Ich bin es halt so gewohnt und sie freut sich darüber genauso, wie's die Frau Stemmerle vorher getan hat. Na ja.

Jedenfalls bin ich danach heimgeradelt und der Schnee hat schon richtig geknirscht unter den Reifen. Bin vor der

Schicht nachmittags kurz zu dir rein und du bist am Fenster gesessen und hast den Flocken nachgeschaut, die unaufhörlich niedertanzen. Deine Adventskerzen haben gebrannt, und ich war sehr verwundert darüber, weil du nämlich damit alleine warst. War wohl jemand vor mir da, der dann vermutlich das Zimmer unaufmerksam verlassen hat. Hab das gleich so im Schwesternzimmer gemeldet und gesagt, sie sollen da echt drauf achten, weil sonst das ganze Krankenhaus abfackelt. Kurz bevor ich wegmusste, ist unglaublicherweise dein Vater erschienen und hat mir erzählt, dass er 'nen Anruf gekriegt hat aus Spanien und der war gar nicht schön. Aber immerhin wär er nun da. Ich hab mich erst gefreut, bis er gesagt hat, er weiß überhaupt nicht, was er hier soll. Er hätte weder Lust, deinen wackelnden Kopf zu betrachten, noch auf deine Mutter zu stoßen, und beides wär jetzt gerade passiert. Ich hab gleich bemerkt, dass dir 'ne Träne über die Wange rollt, und hab ihn daraufhin auf ein Wort in den Korridor gebeten. Draußen hab ich ihn gefragt, was das eben sollte und dass er dich zum Weinen gebracht hat. Er hat gesagt: »Der Junge wird noch viele Tränen weinen in seinem Zustand. Er sollte sich schon mal dran gewöhnen.«

Ich hab drauf gesagt, dass er ein mieses Stück Scheiße ist, völlig unsensibel, und dass er sich lieber verpissen soll. Wir sind dann beide gegangen. Im Vogelnest ist mir plötzlich siedendheiß eingefallen, dass ich die blöden Kerzen vergessen habe, und hab sofort in der Klinik angerufen. Die Schwester dort hat mir gesagt, dass sie den Brand bereits gelöscht hätten. Der Kranz hat wohl Feuer gefangen und somit den Alarm ausgelöst. Es sei ein Riesenglück, dass nicht die ganze Klinik abgefackelt ist. Jedenfalls hättest du jetzt keinen Adventskranz mehr, Gott sei Dank, und nun müsse sie auflegen, weil's eben auch noch andere Patienten gibt außer dir. Na ja.

Ach ja, und die Walrika hat mit dem Flori telefoniert und mit dem Herrn Stemmerle. Und jetzt sieht es so aus, dass der Junge erst mal am See bleibt und somit sein Zimmer frei ist. Sie wird nun Anfang nächster Woche mal zu dir kommen, dich anschauen und mit dem Schnauzbart reden, hat sie gesagt. Sie hat übrigens unheimlich gut ausgesehen auf dem Balkon, weil sie aufgrund des Schneefalls einen Schirm dabeihatte und unter dem stand sie dann in ihrer wallenden Kutte und sah aus wie Mary Poppins. Ich wär nicht überrascht gewesen, wenn sie vom Balkon geschwebt wär.

Montag, 18.12.

Hallo Hannes,
es ist jetzt kurz vor Mitternacht, die Insassen schwelgen in ihren Träumen, und so hab ich Ruhe und kann dir schreiben. Hätte am Samstag wunderbar ausschlafen können, es hat aber leider nicht funktioniert. In aller Herrgottsfrüh hat nämlich der Rick bei mir Sturm geläutet und hat mich angebrüllt, warum ich ihm nix von der Nele und dem Kalle gesagt hab. Dass die beiden eben verliebt sind, und zwar ineinander. Ich hab gleich gar nicht gewusst, was ich sagen soll, und stattdessen hat er mir erzählt (und die Lautstärke war keinesfalls geringer als davor), dass er gestern den Kalle besucht hätte, und sie hätten 'nen lustigen Abend gehabt. Hätten sich 'nen Videofilm reingezogen, 'ne Pizza gegessen und alles wäre ganz

klasse gewesen. Irgendwann später hat das Telefon geläutet und der Kalle ist damit raus in den Flur und hat ganz leise geredet. Dadurch hat den Rick aber die Neugier gepackt und zum Türspalt getrieben. Und da hat er's dann eben gehört. Dass der Kalle mit der Nele spricht und tausend heiße Liebesschwüre in den Hörer haucht. Daraufhin ist der Rick einfach weg. Hat wieder mal sein Bier stehen lassen und ist weg. Der Kalle hat ihm noch im Treppenhaus hinterhergerufen, wir sollen ihn alle mal am Arsch lecken und das soll der Rick auch an mich weitergeben. Das hat er auch getan, der Rick.

Irgendwie sind wir beide dann auf die Idee gekommen, 'ne Krisensitzung einzuberufen, und haben beim Partyservice Brenninger angerufen. Als wir den Brenninger endlich dranhatten, hat der gesagt, er müsse jetzt noch ein paar Schnittchen ausliefern und danach würde er kommen. Er kam am Nachmittag und hatte Bier dabei. So saßen wir drei in meiner Bude, haben Bier getrunken und die ganze Sache durchgekaut. Leider sind wir zu keinem Ergebnis gekommen, weil unsere Pläne von Bier zu Bier absonderlicher wurden. Der Rick ist am Schluss echt sauer geworden, und das sieht nicht schön aus mit seinem schwarzen Vollbart, mein Freund. Er wollte dann mitten in der Nacht den Kalle umbringen und schließlich sich selbst, weil er halt ums Verrecken nicht zur Bundeswehr mag. Jedenfalls sind wir zu keiner brauchbaren Lösung gekommen und haben irgendwann abgebrochen.

Bin gestern zu dir rein, und das ist ziemlich blöd im Moment, weil ich dir halt nix erzählen kann. Weil du alles verstehst, was du hörst, und ich kann dir ja kaum solche Geschichten erzählen vom Kalle und der Nele und dir damit dein Herz rausreißen. Also les ich dir die Sportseiten vor oder massier deine Hände. Ich merke genau, dass dir das zu wenig ist, weil du in die Kastanie guckst. Du guckst immer in die Kastanie, wenn ich dir was präsentier, was dich nicht interessiert. Wenn ich aber was sag, was du magst, guckst du mich an mit deinem wackeligen Kopf. Und manchmal grinst du dabei. Diesmal eben nicht, weil dich das alles gelangweilt hat. Mich zugegebenermaßen auch, und so hab ich schließlich beschlossen, dich ein wenig herumzufahren. Wir sind also vom Fenster weg und durch die Tür raus. Raus aus dem Zimmer, das du seit Monaten nicht mehr verlassen hast, Hannes. Wir sind den Korridor entlang, mit dem Aufzug in alle möglichen Etagen, haben hier und dort aus dem Fenster geschaut, und am Ende hab ich dich wieder zurückgebracht. Hab dich wieder an deinen Platz gestellt und mich aufs Fensterbrett gesetzt. Dann hast du deinen Kopf zu mir rübergewackelt und nach meiner Hand gegriffen. Die hast du ganz ordentlich gedrückt, mein Freund. Und ich glaub, ich hab dich ganz gut unterhalten.

Am Sonntag haben meine Eltern angerufen und ich hab meinem Vater die Sache mit dem deinen erzählt. Hab gesagt, der soll mal lieber da bleiben, wo er ist, weil er dir mit seinem Verhalten mehr schadet als nützt. Mein Vater war sehr betroffen, und er hat gesagt, dass diese ganze Geschichte, auch die Trennung deiner Eltern, jetzt schon ziemlich schlimm ist. Man müsste halt als Familie zusammenhalten, hat er gesagt. Und dass er froh und dankbar ist, dass wir als Familie so wunderbar zusammenhalten. Ja. Er fragt mich übrigens nicht mehr nach der Posaune und ich sag natürlich auch nix, weil ich ja keine schlafenden Hunde wecken möchte.

Als ich heute zu dir rein bin, hattest du wieder Krankengymnastik und der Typ mit den Kopfhörern war da. Hab da 'ne Weile zugeschaut, musste dann aber dringend zur Schicht. Aber ich kann dir sagen, mein Freund, es sieht schon viel besser aus als beim ersten Mal. Aus dir wird noch ein echter Turner.

Dienstag, 19.12

Heute war endlich die Walrika bei dir und hat dich angeschaut. Anschließend ist sie über eine Stunde lang beim Schnauzbart im Zimmer gewesen und ich hab derweil davor gewartet. Bin auf und ab gelaufen, hab einige Male vergeblich an der Tür gelauscht und schließlich ist sie rausgekommen, die Walrika. Sie ist rausgekommen, hat sich bei mir untergehakt und den Kopf geschüttelt. »Es geht nicht, Uli«, hat sie gesagt. »Es wäre einfach unverantwortlich. Der Hannes muss in ein Pflegeheim, das für solche Fälle ausgerüstet ist, wissen Sie. Wir sind es nicht, und der Herr Doktor hat gesagt, es wäre unverantwortlich, wenn wir den Hannes bei uns aufnehmen.« Bin dann zum Schnauzbart rein und hab ihn gefragt, wie zum Teufel er Verantwortung definiert. Hab gesagt, dass er das Vogelnest überhaupt nicht kennt, und erst recht nicht das Personal dort. Dass er sich überhaupt keine Meinung bilden kann, weil er eben überhaupt keine Ahnung hat. Ich hab gesagt, dass er, wenn er schon von Verantwortung redet, die auch mal übernehmen soll. Und dazu würde zuallererst gehören, das Vogelnest mal anzuschauen. Er hat mich wie immer austoben lassen und dann gesagt: »Mein lieber

Uli, ich vermute tatsächlich, dass wir zwei völlig unterschiedliche Interpretationen von Verantwortung haben. Wenn ich mal bedenke, dass Sie Ihren Freund vor ein paar Tagen durch die Gänge geschoben haben. Ohne Absprache und Erlaubnis oder wenigstens einer kleinen Information über Ihr Vorhaben im Schwesternzimmer. Sie haben ihn vollkommen ungeschützt dort hingebracht, wo es zieht, weil ständig Türen auf- und zugehen. Wo es vor Keimen geradezu wimmelt. Genau dort haben Sie ihn hingebracht, Ihren Freund, den der leiseste Windhauch töten kann, junger Mann. Ganz abgesehen davon, dass Sie ihn kurz davor fast den Flammen überlassen hätten, nicht wahr? Wir sollten ein andermal über Verantwortung reden, Uli. Und bis dahin machen Sie sich mal ein paar Gedanken darüber.«

Ich hab jetzt gar nicht mehr gewusst, was ich sagen soll, war aber auch egal, weil er mich zur Tür rausschob. Irgendwie ist das alles nicht so gelaufen, wie ich es mir vorgestellt habe.

Und dann hab ich auf der Fahrt ins Vogelnest (die Walrika und ich waren mit dem alten Sanka unterwegs) auch noch die Nele und den Kalle gesehen. Sie sind auf dem Bürgersteig gegangen, eng umschlungen, und die Nele hatte den Kopf an seine Schulter gelegt. Sie haben den Kinderwagen geschoben und ich bin irgendwie in Schrittgeschwindigkeit daneben hergefahren. So lange, bis das Auto hinter mir gehupt hat. Ich glaube, sie haben mich gesehen, Hannes. Jedenfalls hab ich hinterher auf dem Balkon der Walrika die Geschichte von der Nele und dem Kalle erzählt, sie hatte aber diesmal auch keinen klugen Rat. Wie wir alle eben.

Mittwoch, 20.12.

Lieber Hannes,
sitze hier im Vogelnest, es ist weit nach Mitternacht, ich habe eine Million Gedanken in meinem Hirn und vermutlich wird es jeden Moment platzen. Ich muss ständig dran denken, was der Schnauzbart gesagt hat, das mit der Verantwortung und so. Vermutlich hat er wieder mal recht und ich hab dich tatsächlich in große Gefahr gebracht. Und du weißt es wohl am besten, dass mir nichts auf dieser Welt ferner liegt, als dich in Gefahr zu bringen. Ganz im Gegenteil. Ich freue mich über jeden winzigen Schritt, den du machst in Richtung Leben. Wenn du deinen wackeligen Kopf zu mir drehst oder mir die Hände drückst, könnte ich weinen, mein Freund. Nichts auf der Welt könnte mich dazu bringen, dich in Gefahr zu bringen. Ich würde mir lieber mein Herz rausreißen. Ich hab doch einfach nicht an den Zug in den Gängen gedacht und schon gar nicht an die verdammten Keime. Ich wollte dir nur den Nachmittag schön machen und hätte dich damit wirklich töten können. Das ist unverzeihlich. Dann noch die Sache mit dem blöden Adventskranz. Ich war zuvor noch im Schwesternzimmer und hab mich dort aufgeblasen: von wegen, die sollen mal drauf achten, dass nicht die ganze Klinik abfackelt und so. Danach bin ich gegangen und hab dich völlig sorglos mit den brennenden Kerzen allein gelassen. Schuld daran war das Zusammentreffen mit deinem Vater. Nicht, dass ich jetzt die Verantwortung abwälzen möchte, Hannes. Aber das hat mich halt schon unglaublich aufgeregt, was der da so gesagt hat. Dass man so was überhaupt sagen kann über jemanden, den man liebt. Unfassbar. Er zieht sich total zurück, von dir, deiner Mutter und dem Leben, das

er einmal hatte. Aber das … das hat doch wohl auch was mit Verantwortung zu tun, oder nicht? Man kann sich doch nicht einfach aus dem Staub machen, wenn's unangenehm wird.

Dazu gehören auch unsere Freunde, Hannes. Keiner von ihnen ist mehr bereit, zu dir zu kommen, weil sie es alle einfach satthaben, dich so zu sehen. Vermutlich ist das bei deinem Vater auch nicht anders, er kann einfach deinen Anblick nicht mehr ertragen. Und so bleiben sie dann alle lieber weg, müssen dich nicht mehr anschauen und können unbeschwert weiterdümpeln in ihrem popeligen Leben. Aber was denken die sich denn? Glauben die, wenn sie sich den Anblick ersparen, ändert das was? So nach dem Motto: Was ich nicht weiß, macht mich nicht heiß? Ist es so, dass es ihnen allen besser geht, wenn sie von dir wegbleiben? Ist das so, Hannes? Dann fragt man sich natürlich, warum jeder von ihnen saugrantig ist. Und zwar immer. Egal, auf wen ich wann treffe, jeder ist grantig und bedrückt. Und keinesfalls unbeschwert. Sie versuchen, die Situation zu verdrängen, um unbeschwert zu sein, und erreichen genau das Gegenteil. Es drückt nämlich auf ihr Gewissen. Und ein schlechtes Gewissen macht halt grantig. Und so schleichen sie allesamt durchs Leben mit hängendem Schädel und mieser Laune, aber Hauptsache, sie können die Augen verschließen vor deinem Anblick. Na ja, das sind eben so die Gedanken, die ich habe, mein Freund.

Es ist jetzt kurz vor Weihnachten und vielleicht schlägt mir diese Stimmung auch ein bisschen aufs Gemüt, keine Ahnung.

Ach, übrigens hat der Flori angerufen und die Walrika und mich am zweiten Feiertag zum See eingeladen. Auch der Herr

Stemmerle wird kommen, und es soll ein nettes Abendessen werden. Ja, ich denke mal, es ist gut, wenn ich mal rauskomm hier.

Sonntag, 24.12.

Frohe Weihnachten, mein lieber Freund. Es ist jetzt kurz vor sechs und ich schreibe dir noch schnell ein paar Zeilen, bevor ich ins Vogelnest fahre. Hab den Insassen versprochen, ein paar Weihnachtslieder zu posaunen, und es gibt Punsch und Stollen. Werde danach meine Eltern anrufen und anschließend ins Sullivan's gehen, wie in den Jahren davor. Bin ausgesprochen neugierig, wer heute da ist, weil ich seit Tagen vom Brenninger und vom Rick nichts mehr gehört hab. Die Nele und der Kalle werden jedenfalls nicht da sein, weil die mit einer starken Grippe flachliegen. Bin heute nämlich bei dir auf deine lächelnde Mutter gestoßen, die hat mir das erzählt, und sie hatte überglücklich die kleine Joco auf dem Arm. Um die kümmert sie sich, solange die Nele flachliegt. Ja, der liebe Gott sorgt für uns alle!

Jedenfalls bist du im Rollstuhl gesessen und hast die Kleine angeschaut. Kein Blick in die Kastanie oder an die Wand, keine einzige Sekunde lang. Du hast die Augen nicht abgewandt von deiner Tochter, noch nicht einmal, als ich reinkam. Aber du hast nach meiner Hand gegriffen, mein Freund. Du hast meine Hand gedrückt, ganz fest, und dein Blick ruhte im Schoß deiner Mutter bei dem schlafenden Kind. So saßen wir eine Weile ganz still und aus dem kleinen Radio kam Weihnachtsmusik. Deine Mutter hat mir ein paarmal über die Wangen gestreift, und ehe ich anfing, in meinen Ärmel zu rotzen, bin ich gegangen. Ich war sehr ergriffen, Hannes, und ich danke dir für diese Momente.

Montag, 25.12.

War natürlich gestern im Vogelnest und hab wie versprochen Posaune gespielt. Stand vorm Christbaum und hab die Insassen bei Punsch und Stollen musikalisch verköstigt. Bin leider naturgemäß wieder etwas abgedriftet und hab die guten alten deutschen Weihnachtslieder etwas verjazzt. Was offensichtlich keinen gestört hat, jedenfalls haben sie hinterher lang applaudiert. Der Bauer vom Lehmbichlhof war auch da. Er hatte einige Eimer Frischkäse dabei und selbst gemachte Plätzchen. Er hat mir auf die Schulter geklopft und gesagt: »Bleib beim Jazz, Bursche!« Na ja.

Anschließend hat mir die Walrika ein Geschenk überreicht, und das hatte es in sich, Hannes. Es war ein Arbeitsvertrag auf Lebenszeit, unterschrieben von der Heimverwaltung und vom Spendenkomitee mit einwandfreien Konditionen und gutem Gehalt. Es fehlte nur noch meine Unterschrift drunter. Das Schönste an diesem Geschenk jedoch war der Anhang. In dem hatte nämlich ein jeder vom Vogelnest ein paar Zeilen geschrieben, warum ich unbedingt hierbleiben sollte, nach meiner Zivi-Zeit. Da hatte die Frau Obermeier zum Beispiel reingeschrieben: »Lieber Uli, ich möchte, dass Sie im Vogelnest bleiben, weil Sie die besten Buttersemmeln schmieren.« Ein anderer hat geschrieben, dass ich so schön Posaune spiele, und noch einer schrieb, dass ich der ollen Wäschekammer endlich ein prickelndes Geheimnis gegeben hab. Na ja. Jedenfalls ging das so Zeile für Zeile, und alle kamen zu Wort. Die Walrika war die Letzte, die schrieb, und zwar: »Lieber Uli, ich möchte, dass Sie bleiben, weil ich Sie einfach mag. In Gottes Namen und zum Teufel noch mal!« Das hat mich schon sehr gefreut. Und auch stolz gemacht, Hannes. Ich hab mich bedankt und noch ein Ständchen gespielt, bevor ich ging.

Hab zu Hause noch mit meinen Eltern telefoniert, und meine Mutter hat gesagt, sie findet es unheimlich schade, dass ich keinen Christbaum habe. Und dass das gar keine Umstände bereitet, heutzutage mit den praktischen künstlichen Bäumen. Die müsse man nur aufklappen wie einen Regenschirm. Sie hat heuer die Kunststoffkugeln ausgetauscht durch Strohsterne und Glaskugeln, weil dadurch der Baum viel echter aussieht. Man merkt jetzt gar nicht mehr, dass der Baum falsch ist, sagt sie. Mein Vater sagt, der Baum sieht unglaublich scheiße aus, aber das ist wurst, weil Weihnachten bei fünfundzwanzig Grad sowieso scheiße ist.

Auch mit dem Michel hab ich telefoniert, ziemlich lange sogar. Ich soll dich natürlich ganz fest grüßen von allen, und sie wünschen dir, dass es weiter bergauf geht, Hannes.

Bin danach ins Sullivan's, es war sehr voll und die meisten Gäste trugen rote Nikolausmützen mit Leuchtsternen, die ganz doll blinkten. Ich war froh, den Rick und den Brenninger dort anzutreffen. Auf dem Tresen stand ein Plastikweihnachtsmann, der immer, wenn jemand herkam und ein Bier bestellte, ›Jingle Bells‹ gespielt hat, also quasi ununterbrochen. Der Wirt hat ein Büfett angeboten, selbstverständlich vom Partyservice Brenninger, und der Brenninger trug Kappe und T-Shirt mit selbiger Aufschrift. Wir haben über die letzten Tage geplaudert, und ich hab natürlich auch die Geschichte von deinem Vater erzählt. Die zwei haben mir zugehört und haben es unglaublich scheiße gefunden. Irgendwie hab ich dann gesagt, dass ich es auch unglaublich scheiße finde, dass sie sich selber aber keinen Deut besser verhalten würden. Sie haben darauf aber gemeint, das wär ja ganz was anderes, sie wären ja schließlich nicht dein Vater und somit sind sie raus aus dem Schneider. Da sind sie mir aber genau richtig gekommen. Ich hab ihnen nämlich erzählt von deinen Fortschritten, und dass wir durch die Gänge gefahren sind und dass dein Kopf fast nicht mehr wackelt und du nach meinen Händen greifen kannst. Das alles hab ich ihnen erzählt, Hannes. Und dann hab ich gesagt: »Und vermutlich wär er noch viel weiter, wenn ihr auch mal euren Arsch hochkriegen und ihn bei seinen Fortschritten unterstützen würdet. Denkt ihr denn, der Hannes merkt das nicht, dass ihr nicht mehr an ihn glaubt? Dass im Grunde überhaupt niemand mehr an ihn glaubt?«

Dann ist der Wirt an den Tresen gekommen und hat gesagt, ich soll aufhören zu schreien. Schließlich wär heut Weihnachten und da soll's halt ruhig abgehen. Ja.

Wir waren danach alle auch ziemlich ruhig und haben 'ne Weile gar nix gesagt. Sind nur rumgesessen und haben Bier getrunken. Irgendwann hat der Brenninger aber gesagt, wir sollten mal zu dir reinfahren. Wir sollten dich da am Heiligabend nicht so allein rumdümpeln lassen. Und das haben wir dann getan. Wir haben unser Bier stehen lassen und sind zu dir gefahren, mein Freund. Sind zuerst ins Schwesternzimmer, um Bescheid zu geben, und danach sind wir zu dir rein.

Irgendjemand hat dir eine Lichterkette über dein Bettgestell gehängt und du hast die bunten Birnen angeguckt. Aus deinem Radio klang leise Weihnachtsmusik und du hast die Glühbirnen bestaunt. Hast dann langsam deinen Kopf zur Tür gedreht und hast gelacht, mein Freund. Du hast gelacht, so richtig mit Tönen, das hat sich gar nicht schön angehört, etwas gurrend oder glucksend, und doch klang es in meinen Ohren fantastisch. Wir haben uns auf deine Bettkante gesetzt und haben dir Geschichten erzählt, alle möglichen, und du bist von Gesicht zu Gesicht gewandert und hast gegluckst. Die bunten Farben der Lichter malten komische Schatten in dein blasses Gesicht, dein Mund gab komische Laute von sich und wir Jungs erzählten komische Geschichten. Und du hast dich gefreut. Irgendwann sind wir eingeschlafen. Und als am Morgen die Schwester ins Zimmer kam und zu dir sagte: »Sind Ihre Freunde denn immer noch hier, Hannes?«, hast du mit dem Kopf genickt.

Mittwoch, 27.12.

Bin gerade vom Starnberger See zurück und werde dir nun von dem Ausflug berichten. Die Walrika und ich sind eben gestern Nachmittag zum Flori gefahren, wurden dort von ihm ganz herzlich empfangen und zuallererst einmal durch den Garten geführt, der all meine Erwartungen aufs Neue übertroffen hat. Danach hat er uns die Gästezimmer zugewiesen, die wie alles im Haus einfach erstklassig sind. Der Junge hat zwar kaum ein Wort gesprochen, man konnte aber an seinem ganzen Verhalten deutlich erkennen, dass es ihm gut geht. Der Herr Stemmerle war da und hatte sich den Abend für uns freigehalten. Und auch die Marina war da. Sie hat unglaublich toll ausgesehen in dem schwarzen Kleid und war ausgesprochen gut drauf. Sie hatte mit ihrer Tochter lauter leckere Sachen gekocht, in drei Gängen, und dazu gab's Wein und hinterher Früchte.

Nach dem Essen sind wir mit ein paar Fackeln durch den verschneiten Garten zum See runter und haben für die Jasmin und die Frau Stemmerle eine Gedenkminute eingelegt. Der Herr Stemmerle hat zwei Schwimmkerzen angezündet und in den See hinausgeschubst. Sie sind ganz langsam fortgetrieben und schließlich in der Nacht verschwunden. Im Anschluss gab's Kaffee und Plätzchen am offenen Feuer und den einen oder anderen Cognac allerersterr Güte. Die Walrika ist dann bald ins Bett, weil sie ja morgens um vier ihre Gebetsstunde hat. Wir anderen sind noch ein Weilchen gesessen und die Zina hat erzählt, dass sie nun in der Gegend in einigen Häusern putzt und dass sich das Gärtnertalent vom Flori dort ziemlich schnell herumgesprochen hat. Davon könnten sie im Moment ganz gut leben. Der Herr Stemmerle hat gesagt, dass er froh ist, wieder würdige Bewohner in seinem Elternhaus zu wissen. Und die beiden könnten dort bleiben, bis seine Tochter mal eigene Pläne hat. Dann sind auch die anderen ins Bett gegangen. Geblieben sind nur die Marina und ich. Und zugegebenermaßen bin ich nach einer rattenscharfen Nacht an ihrer Seite am Morgen aufgewacht. Irgendwie glaub ich, ich steh auf reifere Frauen, Hannes. Egal. Jedenfalls war dieser Ausflug in jedem Punkt vollkommen und allemal eine Wiederholung wert.

Freitag, 29.12.

Servus Hannes,
wir beide haben heute wieder einen kleinen Streifzug durch die aufregenden Gänge des Krankenhauses gemacht, nicht wahr, mein Freund? Diesmal habe ich aber im Vorfeld alles haarklein geplant und hatte zuvor schon die offizielle Erlaubnis von Dr. Klaus Schnauzbart gnädig erhalten, nachdem ich versprochen hab, all seine Anweisungen einzuhalten. Was ich natürlich auch getan hab. Also hab ich dich in einen grünen Plastikzweiteiler gesteckt, den mir die Schwestern aus dem OP besorgt haben. Dein Mundschutz hatte dieselbe Farbe, darüber eine Brille, ebenfalls aus dem OP, und über der dann die Kappe mit der Aufschrift »Partyservice Brenninger«. Dazu hast du den Schal von der Frau Stemmerle getragen und die Wollhandschuhe vom Bonsai. Das war perfekt. So bist du dann in deinem Rollstuhl gesessen und ich hab dich durch die Gänge chauffiert. Die Schwestern haben ein Foto von uns gemacht.

Wir sind mit dem Aufzug rauf und runter und haben danach durch hundert Fenster geschaut. Haben gesehen, wie es draußen dunkel wurde und die Straßenlaternen angingen. Haben hetzende Menschen mit hochgeschlagenen Krägen gesehen und Autos, die an Ampeln anhalten und wieder weiterfahren. Haben schreiende Kinder an den Händen genervter Mütter gesehen und Geschäftsleute mit Aktentaschen. Haben die blinkende Leuchtreklame gesehen und Lichterketten hier und dort. Alles, was eben normal ist und ständig passiert. Aber du bist ganz erregt an der Scheibe geklebt und hast sie mit deinem Atem beschlagen. Hast alles in dich aufgesaugt, was du schon seit Monaten nicht mehr gesehen hast. Und als ich dich später aus deiner Verkleidung geschält hab, bist du gleich eingeschlafen. Hab dich ins Bett gelegt und zugedeckt. Das war eine aufregende Sache heute, nicht wahr, Hannes?

Sonntag, 31.12.

Mein lieber Freund,
heute ist der letzte Tag des Jahres. Es war ein hartes Jahr und auch ein schönes. In jedem Fall aber das ungewöhnlichste, das wir beide jemals hatten. Und wenn ich ehrlich bin, darf's in Zukunft gerne wieder etwas gewöhnlicher werden. Es darf gern wieder der Alltag einkehren in unser Leben, der uns so oft gelangweilt hat und den ich mir jetzt so herbeisehne. Ich möchte im Sommer wieder mit dir am Baggerweiher sitzen und Steine floppen lassen und hundertmal fragen: »Was machen wir jetzt?« Möchte im Winter mit dir ins Eisstadion fahren und nach einer niederschmetternden Niederlage ganz viel Bier trinken. Dann jeden einzelnen Spielzug kritisieren und das ganze Match in alle Einzelteile zerreden. Ich möchte, dass du wieder auf meiner Couch sitzt und Löcher hineinbrennst. Ich möchte mich wieder darüber aufregen und dein versöhnliches Grinsen sehn. Aber du bist auf einem guten Weg, mein Freund.

Hab gestern deine Mutter mitsamt der kleinen Joco bei dir angetroffen, und die hat erzählt, dass du ab Januar einen Logopäden kriegst. Der macht dann mit dir Sprechübungen bis zum Abwinken. Danach kannst du mir alles erzählen,

Hannes, jede Wette. Alles, was du so gesehen hast durch deinen winzigen Spalt in den Augen. Und was du gehört hast, als wir alle bei dir waren. Oder was du empfunden hast, als keiner mehr bei dir war, weil es alle satthatten, deinen wackeligen Kopf zu betrachten. Das alles kannst du mir erzählen und ich werd zuhören jede Sekunde, ich schwör's. Ich werd an deinen Lippen kleben und deine allerersten Worte herbeisehnen. Werde deine allerersten Schritte herbeisehnen, wie eine Mutter bei ihrem Kind. Und ich freu mich auf das Jahr, das vor der Tür steht, Hannes. Ja, das tu ich.

War vorher noch kurz bei dir drin und die Schwestern haben mir gesagt, dass du heute Abend ein Schlafmittel bekommst, wie alle anderen, die Ruhe brauchen. Damit euch die blöde Knallerei in der Nacht halt nicht aufregt. Nun muss ich langsam los. Bin vorhin ein letztes Mal meinen Text durchgegangen, schließlich sind es nicht weniger als fünf Rollen, die ich zu spielen hab, und das alles auch noch im Stehen. Die Walrika dagegen hat nur eine einzige und darf sitzen. Hab sie auch gefragt, ob sie mit mir tauschen möchte, sie hat aber große Probleme, als Admiral von Schneider ihre Hacken zusammenzuschlagen. Na ja. Werde also jetzt aufbrechen und melde mich im neuen Jahr zurück. Und es wird unser Jahr, mein Freund!

Montag, 01.01.

Ein gutes neues Jahr, Hannes. All meine Wünsche für dich hab ich dir gestern schon niedergeschrieben, und daran hat sich nichts geändert. Es ist jetzt gleich halb elf am Vormittag, und ich werde nun der Reihe nach von meinen letzten Stunden berichten. Bin also gestern ins Vogelnest gefahren und hab mich zuerst einmal in den Butler James verwandelt. Hab den Frack angezogen und die dämliche Perücke aufgesetzt. Die Walrika war bereits fertig und hatte über ihrer Kutte (auf die sie niemals verzichten würde) ein echt altmodisches Abendkleid. Das hat die Kutte zwar komplett verdeckt, ließ die Walrika aber unglaublich dick aussehen. Auf ihren Schleier hat sie tatsächlich verzichtet, und stattdessen trug sie ebenfalls eine Perücke, die einer Miss Sophie allemal gerecht wurde. Trotzdem sah sie zum Totlachen aus. Ich nicht weniger, ganz klar. Und als es dann endlich losging und wir die Stufen vom Obergeschoss herunterschritten, haben die Insassen erst mal so gelacht, dass wir mit dem Beginn der Vorstellung warten mussten. Wir standen also eine Weile ziemlich doof rum, was sie keinesfalls beruhigt hat. Irgendwann ging's aber endlich los, und ich muss schon sagen, wir haben das großartig gemacht. Alles hat reibungslos funktioniert, die Walrika spielte ihre Rolle zum Verlieben, und ich glaube, Freddie Frinton wär stolz auf mich gewesen. Wir haben einen wirklich langen Applaus bekommen, haben aber die Zugaberufe einfach ignoriert.

Anschließend gab's Gulaschsuppe und Malzbier und um Mitternacht ein Feuerwerk, bei dem unsere liebe Schwester Walrika fast in Flammen aufgegangen wäre. Sie ließ es sich nämlich nicht nehmen, das blöde Feuerwerk selbst zu entzünden, und sauste in ihrer wallenden Kutte von Rakete zu Rakete, um die Dinger anzuzünden. Es kam, wie es kommen musste, wir konnten sie aber ziemlich schnell löschen. Danach gab's noch Pumuckl-Sekt, der gelb war wie Pisse, aber ganz toll perlte. Die Walrika ist mit ihrer qualmenden Kutte durch die Leute marschiert und hat mit jedem Einzelnen angestoßen. Hinterher sind alle ins Bett, es war ja auch weit über die gängige Schlafenszeit hinaus.

Ich bin dann ins Sullivan's. Dort war natürlich 'ne fette Party am Laufen, mit Liveband und so, und ich hab gleich gar niemanden finden können vor lauter Menschen. Erst auf den zweiten Blick hab ich schließlich den Rick entdeckt. Er stand ganz hinten im Eck mit 'nem Bier in der Hand. Vermutlich hab ich ihn ziemlich angestarrt, weil er nämlich gesagt hat, ich soll aufhören, ihn anzustarren. Er hatte aber kein einziges Haar mehr am Kinn und auch keins am Schädel. Er war komplett kahl oben und unten und weit entfernt von Jesus Christus. Wahnsinn! Dass er immer alles so übertreiben muss. Er hat gesagt, wenn schon, denn schon. Und wenn er schon zur Bundeswehr muss, dann halt richtig.

Später am Abend hat er Depressionen gekriegt und sich seine Haare zurückgewünscht. Er hat gesagt, dass er sich sowieso umbringt, sobald sie ihm erst mal 'ne Knarre in die Hand drücken. Und dass er das schon bei seiner Musterung gesagt hätte, was jedoch kein Schwein interessiert hat. Aber sie werden es schon noch sehen, hat er gesagt. Ich hätte ihm gern aufmunternd durch die Haare gewuschelt, das war ja nun leider nix mehr, und ich hatte echt keinen Bock, seine Glatze zu polieren. Wir sind auf viele Bekannte gestoßen, und alle haben nach dir gefragt, Hannes.

Irgendwann ist auch der Brenninger erschienen, völlig abgekämpft und schwitzig, und hat sich erst mal ein Bier in die Kehle gestürzt. Dann hat er erzählt, dass er bis eben gerade

Schnittchen ausgefahren und pausenlos sämtliche Partys im Umkreis beliefert hat. Er hat gleich noch ein Bier gekippt und ein drittes und war ziemlich schnell auf unserem Pegel. Er hat uns erzählt, dass er gerade bei einer Lieferung die heiße Frau des Auftraggebers in deren Küche gevögelt hat. Danach hätte er das Büfett weiter aufgebaut und anschließend vom Auftraggeber ein echt sattes Trinkgeld erhalten. Das hat ihn kolossal gefreut, den Brenninger. »Weil die immer glauben, sie seien was Besseres, diese Snobs«, hat er gesagt. »Und jetzt hab ich seine Alte gepimpert, und er ist am Schluss mit ihr in der Tür gestanden, hatte seine Hand auf ihrem Arsch und sie hat mir zugezwinkert. Das ist doch richtig klasse, oder?« Ja, für den Brenninger war der Abend gerettet. Und für den Rick war der Abend gelaufen. Wir haben noch ein paar Bier getrunken und irgendwann abgebrochen.

Hinterher bin ich noch kurz zu dir rein, Hannes, aber du hast geschlafen wie ein Baby. Ja, die Mittel haben ihre Wirkung nicht verfehlt. Es war schon hell, als ich heimkam, und ich hab zuerst mal meine Eltern angerufen. Hab ihnen nach einigem Blabla erzählt, dass es dir gut geht und dass du richtige Fortschritte machst. Meine Mutter hat mir dann erzählt, dass sie eben mit der deinen telefoniert hat, und die hat am Telefon gehustet wie wild und war ganz verschnupft. Sie brütet wohl grad 'ne Erkältung aus. Na ja.

Hab danach noch mit dem Michel telefoniert, und wir haben uns so von den letzten Tagen erzählt. Wir haben beschlossen, uns dieses Jahr mal zu besuchen, mal sehen, ob es klappt. Er ist auch ganz froh, dass es dir wieder besser geht, und lässt dich natürlich grüßen. So, genug für den Moment. Werde mich jetzt hinlegen und am Abend zu dir kommen.

Nachts: Hab mich auch gleich hingelegt und bin so in Gedanken geschwelgt, wie das halt ist beim Einschlafen. Und dabei ist es mir siedendheiß eingefallen, Hannes. Deine Mutter hat die Grippe! Diese miese Grippe, die seit Tagen den Kalle und die Nele ans Bett fesselt, mit Fieberschüben und Schüttelfrost, ständigem Erbrechen und Durchfall. Mein Gott, Hannes! Sie ist doch ständig in Neles Wohnung ein- und ausgegangen, allein schon wegen dem Kind. Da hat sie sich angesteckt, jede Wette. Und vorgestern ist sie auf deiner Bettkante gesessen mit all ihren Keimen und hat dich womöglich infiziert. Das alles ist mir in Sekunden durch den Kopf und eine irre Panik hat mich ergriffen. Ich bin raus aus dem Bett, in meine Klamotten gesprungen und mit dem Radl ins Krankenhaus gefahren. Hab natürlich vergeblich an der Tür vom Schnauzbart gerüttelt, weil ich den verdammten Feiertag vergessen hatte. Bin schließlich ins Schwesternzimmer, atemlos und panisch, und hab dort von meinen Gedanken erzählt. Die Schwester hat sofort reagiert. Griff zum Telefonhörer und hat zum Glück den Schnauzbart zu Hause erreicht. Der ist auch kurz darauf im Krankenhaus eingetroffen, und wir sind gleich in sein Arbeitszimmer gegangen. Als ich fertig war mit all meinen Befürchtungen, hat er gesagt, die Sache sei ernst. Sehr ernst sogar. Zuerst einmal müssten wir einen Arzt zu deiner Mutter schicken. Der kann schnell rausfinden, ob es sich um eine richtige Grippe oder um eine gewöhnliche Erkältung handelt, was auch nicht gut wäre, aber jedenfalls besser. Wenn wir das wissen, können wir handeln. So lange darf niemand rein zu dir.

Donnerstag, 04.01.

Alle Befürchtungen haben sich bestätigt, Hannes. Es ist diese miese Grippe, die deine Mutter nun außer Gefecht setzt. Die Untersuchung hat es klar ergeben. Nun heißt es abwarten, mein Freund. Wieder einmal. Natürlich darf niemand zu dir rein, und sie haben dich auch in ein Plastikzelt gepackt, damit eben gar keine Bakterien oder Keime zu dir durchdringen. Jedenfalls nimmt mir das jetzt auch noch die Sicht, und ich kann noch nicht mal durch das kleine Fenster in deiner Zimmertür Kontakt mit dir aufnehmen. Der Schnauzbart sagt, bislang hättest du noch keine Symptome, sicher können wir aber erst in zwei bis drei Tagen sein. Und so lange heißt es eben abwarten.

Dein Vater ist gekommen und sorgt nun für seine Frau und die Joco. Das macht er ganz toll. Ich hab ihn besucht und er hatte das Mädchen auf dem Arm. Deiner Mutter geht es tatsächlich beschissen. Sie hat hohes Fieber und Schüttelkrämpfe und ist teilweise nicht einmal ansprechbar. Die Nele ist auch noch sehr schwach, kann aber wenigstens stundenweise deinen Vater mit dem Kind entlasten. Der Arzt hat gesagt, für die Joco besteht keine Gefahr, sich anzustecken, weil ihr Immunsystem solche Krankheiten noch gar nicht zulässt. Das ist gut. Über den Kalle weiß ich nichts, weil irgendwie keiner über ihn redet. Der Rick ist nun bei der Bundeswehr und ruft täglich an, um den neuesten Stand zu erfahren. Auch mit dem Michel bin ich ständig in Kontakt, was mir hilft, die Zeit zu überbrücken. Diese Warterei macht mich verrückt, Hannes. Dazu kommt, dass ich nun auch noch Urlaub habe und mir die Stunden im Vogelnest einfach fehlen. So bin ich täglich mal kurz dort, um mit der Walrika eine Zigarette zu rauchen und ihr mein Herz auszuschütten. Sie ist eine große Hilfe, wenn ich auch ihren Ratschlag zu beten jetzt nicht für so hilfreich halte. Aber sie sagt, wenn nichts mehr hilft, helfen Gebete. Na ja. Ich hab nun aufgeschrieben, was wesentlich ist, und hab es auch eigentlich nur runtergeschrieben, mein Freund. Mir ist nicht nach Schreiben. Mir ist nicht danach, weil ich dich nicht sehen kann. Und wenn ich dich nicht sehen kann, weiß ich auch nicht, was ich dir sagen soll. Und dementsprechend weiß ich auch nicht, was ich dir schreiben soll. Also brech ich hier ab.

Montag, 08.01.

Hannes, mein Freund,
ich schreibe hier aus deinem Zimmer. Sitze auf dem Fensterbrett und lasse dich kaum aus den Augen. Mal ein Blick in die alte Kastanie, mal ein paar Zeilen aufs Blatt. Ansonsten hab ich mein Auge auf dir ruhen und bewache jeden deiner Atemzüge. Von Zeit zu Zeit saug ich dir den Rotz aus der Kehle, damit du mir nicht erstickst. Die Schwestern kommen regelmäßig, und auch der Schnauzbart ist sehr fürsorglich. Er wollte mich nicht zu dir reinlassen. Er wollte niemand zu dir reinlassen. Ich hab dann gesagt: »Der Hannes liegt da mit dieser miesen Grippe und niemand ist da, der seine Hand hält. Ich bin völlig gesund und geh da jetzt rein.« Der Schnauzbart hat gesagt, ich kann da nicht rein, weil ich mich sonst anstecken könnte. Weil ich mich sonst anstecken könnte! Ich hab ihn gefragt,

ob er ’nen Vogel hat, hab mir ’nen Mundschutz rumgemacht und bin zu dir rein. Und da bin ich jetzt eben und halte deine Hand. So, wie es sich gehört. Und so, wie du’s auch für mich gemacht hättest, nicht wahr, Hannes? Wir werden das schon hinkriegen, mein Freund. Schließlich haben wir jetzt nicht fast ein Jahr hart an deinen Unfallfolgen gearbeitet, damit dich zum Schluss eine dämliche Grippe hinwegrafft, oder?

Dienstag, 09.01.

Es geht dir nicht gut, mein Freund. In Wahrheit geht es dir beschissen. Dein schmaler Körper windet sich in Krämpfen, du erbrichst dich ständig, bis nur noch Galle kommt, und deine fiebrigen Augen blicken dankbar, wenn ich dir den Schleim absauge. Es ist erbärmlich. Im Korridor vor deiner Tür sind deine Freunde, Hannes. Alle sind da, und sie halten sich an den Händen. Die Nele ist da mit dem Kind und der Kalle. Dein Vater ist da, deine Mutter noch nicht, sie ist noch zu schwach. Und der Rick ist da und sitzt mit seiner Tarnuniform und kahlem Schädel vor deiner Tür. Der Brenninger kommt zwischen all seinen Lieferungen samt Kappe und T-Shirt mit Firmenaufschrift und hat Schnittchen dabei. Sie alle sitzen draußen vor deiner Tür, halten sich an den Händen oder nehmen sich in den Arm – und sie schweigen. Ich schau ab und zu durch das kleine Fenster und es rührt mich zu Tränen, wie sie da sitzen. Dann muss ich zurück zu dir, weil du wieder röchelst oder krampfst. Aber ich bin da und wir kriegen das hin, mein Freund.

Heute sind die Feldjäger gekommen, Hannes, und haben den Rick geholt. Komisch, keinem von uns ist aufgefallen, dass er eigentlich gar nicht hier sitzen dürfte. Dass er längst zurückmüsste in die Kaserne. Aber sie haben ihn schließlich gefunden und geholt. Der Rick hat geschrien und um sich getreten und gesagt, er würde sie abknallen. Und zwar alle. Aber das hat ihm nichts geholfen. Sie haben ihn mit Handschellen abgeführt wie einen Verbrecher, und er hat durch die Gänge geschrien: »Sag dem Hannes, dass ich zurückkomm, Uli! Sag das dem Hannes!« Und ich hab es dir gesagt. Du hast aber naturgemäß nicht reagiert.

Du bist nicht ansprechbar und öffnest noch nicht mal deine rot unterlaufenen Augen einen winzigen Spalt, um mich mit einem fiebrigen Blick dankbar anzusehen. Gar nichts. Es passiert gar nichts. Du röchelst und ich beobachte dich. Die alte Kastanie steht ohne jedes Zierwerk stolz und stark vor deinem Fenster. Und du liegst da und röchelst. Ich drücke deine Hände und rede mit dir. Und du kannst noch nicht einmal zurückdrücken. Ich bin müde und mir ist kalt und ich hab einfach keine Kraft mehr, Hannes.

Später. Auf deiner Fensterbank bin ich wohl eingeschlafen. Dann hab ich diesen komischen Traum gehabt: Ich sitze in einem Bus, irgendwo in den hinteren Reihen, und schaue durch das gegenüberliegende Fenster. Außer mir ist kein Fahrgast im Bus, nur der Fahrer und vermutlich der Reiseleiter, jedenfalls ist dieser Platz besetzt. Ich kann ihre Gesichter natürlich nicht sehen, weil sie mit dem Rücken zu mir sitzen. So seh ich eben durch das Fenster und wir fahren durch eine verschneite Waldlandschaft. Es ist schön. Nach einer Weile merk ich, wie sich das Tempo langsam erhöht, und allmählich wird die Fahrt ziemlich rasant. Die schneebedeckten Äste der Bäume streifen den Bus und der Schnee stäubt davon in alle Richtungen. Die Straße ist eng und kurvig und mit ziemlich hoher Wahrscheinlichkeit ist sie sehr glatt. Dennoch wird die Fahrt schneller und schneller, und plötzlich sagt jemand: »Er sollte das Tempo rausnehmen.« Das waren auch meine Gedanken. Ich nehme den Blick von der Fensterscheibe und lenke ihn ins Cockpit.

»Er sollte verdammt noch mal das Tempo rausnehmen!« Dann drehen sich die beiden Köpfe vorne zu mir um (sie haben keine Gesichter) und ich kann sehen, dass sich das Lenkrad nicht dort befindet, wo es sein sollte. »Nehmen Sie doch zum Donnerwetter endlich das Tempo raus!«, schreit mich der Busfahrer an. Und blitzartig wird mir klar, dass ich der Fahrer des Busses bin. Ich halte das Lenkrad in den Händen und mein Fuß liegt schwer auf dem Gaspedal. Ich kann nicht durch die Frontscheibe sehen und hab keine Ahnung, wie die Straße verläuft. Ich hab nur diesen Blick durchs Seitenfenster, an dem die Äste der Bäume entlangschrammen. Dann wach ich auf.

Donnerstag, 11.01.

Ich sitze wieder auf deiner Bettkante und du schläfst. Ich würde mich gerne zu dir legen, mein Freund, weil ich manchmal nicht mehr weiß, wie ich die Augen offen halten soll. Irgendwann schlafe ich dann auf der Fensterbank ein, nicht lange, weil mich dein Röcheln weckt. Ich sauge dich wieder ab und du schläfst weiter. Manchmal krampfst du auch und manchmal musst du kotzen. Dein Fieber ist so hoch und es ist kaum vorstellbar, dass du das überlebst. Und keine Mittel helfen. Gerade war der Schnauzbart da und hat mich um ein Gespräch gebeten, Hannes. Ich werde also später zu ihm gehen, sobald eine der Schwestern Zeit hat, dich für 'ne Weile zu beobachten.

Später. Ich war jetzt beim Schnauzbart und mir ist kalt. Er ist einfach ein unglaubliches Arschloch, Hannes. So was von unsensibel und kaltschnäuzig und überheblich und überhaupt. Wie er da schon sitzt, an seinem Riesenschreibtisch, und über seine Brille hinweg mit mir redet, an seinem dämlichen Bart zwirbelt und permanent nur Scheiße erzählt. Er hat gesagt: »Lassen Sie los, Uli. Sie müssen ihn gehen lassen, den Hannes. Sie müssen ihn die Entscheidung, auf dieser Welt zu bleiben oder nicht, selber treffen lassen. Zwingen Sie ihn nicht, Ihretwegen hierzubleiben, wenn er das nicht möchte. Ich habe seinen Eltern schon vor vielen Wochen gesagt, dass der Hannes dieses Stadium, das er jetzt erreicht hat, nicht mehr wesentlich überschreiten wird. Ich habe ihnen gesagt, dass die Untersuchungen ergeben haben, dass er so bleibt, wie er jetzt ist. Er wird sein Leben lang in einem Rollstuhl sitzen und Hände drücken. Und das war's. Viel mehr geht nicht. Seine Eltern haben das natürlich nicht ertragen können und wollten stattdessen Krankengymnastik und einen Logopäden und so weiter und so fort. Das ist alles kein Problem, Uli. Das können sie bekommen. Es wird aber trotzdem nichts ändern, verstehen Sie. Sein Gehirn ist dermaßen geschädigt, dass er auf dem Stand eines vielleicht Zweijährigen bleiben wird. Sein Leben lang. Und er wird sein Leben lang auf jede Erkältung oder Grippe anspringen, weil sein Immunsystem nicht mehr funktioniert, verstehen Sie das? Ich habe eigentlich gar nicht das Recht, Ihnen das alles zu sagen, weil Sie kein Familienmitglied sind. Sie sind nur ein Freund, nicht wahr? Das waren Ihre Worte, Uli. Ich sage es Ihnen deshalb, weil der Hannes längst schon tot wär, wenn Sie nicht wären. Sie kennen nun die Fakten, und ich hätte Ihnen gerne etwas anderes gesagt, das dürfen Sie mir wirklich glauben. Ich kann es aber nicht. Ich kann es nicht.«

Ich hab ihm dann gesagt, er soll seine Horrormärchen erzählen, wem immer er mag. Mich wird nichts wegbringen von deinem Bett. Gar nichts.

Jetzt sitz ich auf der Fensterbank und schreibe diese Zeilen. Ich schau in die alte Kastanie, auf ihren Ästen liegt Schnee. Sie hat alles gesehen von unserer Zeit hier, Hannes. Hat im Frühjahr rot geblüht und hat uns im Sommer Schatten gespendet. Hat im Herbst ihr Laub verloren und war danach kahl, zeigte nur das Wesentliche. Jetzt liegt Schnee auf ihr und sie kann uns nicht mehr sehen. Will uns nicht mehr sehen. Verbirgt sich unterm Schnee, um sich den Anblick zu ersparen.

Hat der Schnauzbart womöglich recht? Willst du gehen und bleibst nur, weil ich dich nicht lasse? Ich nehm das Foto vom ersten Schultag aus der Hosentasche. Wir grinsen beide in die Kamera. Arm in Arm. Der Riss geht genau durch die Mitte des Bildes und ist mit Tesa geklebt.

Montag, 12.02.

Nun hat mich doch etwas weggebracht von deinem Bett, mein lieber Freund, und ich hätte es wissen müssen. Mich hat die Grippe geholt wie der Teufel die Seele, und es war die Walrika, die es gemerkt hat. Sie hat mich gesucht, einfach weil ich nicht mehr zum Rauchen gekommen bin, und ist schließlich fündig geworden. Hat mich von deiner Seite geholt und ins Vogelnest gebracht. Dort hat sie mich in das Bett vom Flori gesteckt und mich gepflegt. Hat Tee gekocht und kalte Umschläge gemacht und meine Hand gehalten. Sie hat mich in den Schlaf begleitet und irgendwann hat sie das Zimmer verlassen. Nach einer Weile bin ich dann wach geworden und du bist auf meiner Bettkante gesessen, Hannes. Du bist auf meiner Bettkante gesessen, hast meine Hand genommen und auf die Decke plumpsen lassen.

»Was machst du hier, Hannes?«, hab ich gefragt.

»Ich bin da, weil du mich brauchst, mein Freund.«

»Ich hab dich mein Leben lang gebraucht.«

»Und ich bin ein Leben lang für dich da gewesen. Genauso wie du für mich, Uli.«

»Was soll das heißen? Was soll das heißen, Hannes? Das hört sich so nach Abschied an.«

»Du kennst mich wirklich gut, mein Freund. Ja, ich werde jetzt gehen. Ich werde gehen und möchte dir davor noch danken. Du hast mich begleitet durch mein ganzes Leben und dafür danke ich dir, Uli.«

»Wenn du jetzt gehst, brauchst du nie wiederzukommen, hast du verstanden?«

»Ich hab nicht vor, wiederzukommen.«

»Das kannst du jetzt nicht machen, du Arsch! Du kannst mich hier nicht alleine lassen, hörst du! Nicht nach allem, was wir zusammen erlebt haben.«

»Du bist nicht alleine, Uli. Du hast großartige Menschen um dich rum. Du musst dich nur mal umschauen.«

»Ich schaff das hier nicht ohne dich. Ich hab kein Leben ohne dich, Hannes.«

»Du hast ein Leben, mein Freund, glaub mir das. Aber meines ist hier zu Ende, Uli. Und ich kann dir sagen, das ist nicht schön. Ich sag das jetzt so, weil, wir haben uns doch noch nie angelogen. Warum sollten wir jetzt damit anfangen?«

»Aber man stirbt doch nicht an einer Grippe. Die kommt und geht wieder – fertig. Du hast den verdammten Unfall überlebt und die verdammte Lungenentzündung. Und dann stirbst du an einer Grippe! Ha – wenn das kein Witz ist! Warum jetzt, Hannes? Warum bist du nicht damals auf dem Asphalt gestorben? Wozu das Ganze? Ich bin an deinem Bett gesessen und hab mich über die Fortschritte gefreut und jeder war ein Feuerwerk. Hab durch dein Türfenster die Nebelschwaden verflucht und in die blöde Kastanie gestarrt, sommers wie winters. Hab dich durch die Gänge geschoben und dir mein Leben aufgeschrieben. Wozu, Hannes?«

»Ich konnte noch nicht fort, damals auf dem Asphalt. Es gab noch zu viel zu tun, Uli. Ich konnte euch nicht einfach so verlassen mit all eurem Schmerz. Das hat mir die Kraft gegeben für diese Ehrenrunde. Und ich bin froh darüber. Du bist auf meinem Bett gesessen und hast dich über die Fortschritte gefreut. Hast die Nebelschwaden angestarrt und die blöde Kastanie. Du hast mich durch die Gänge geschoben und du hast Abschied genommen von mir.«

»Ich hab nicht Abschied genommen von dir, du Arsch! Ich hab dir mein Leben aufgeschrieben, damit du es liest, wenn du zurückkommst.«

»Lies die Briefe, Uli. Du wirst sehen, dass du sie auch für dich geschrieben hast. Du wirst erkennen, dass du ein Leben hast und ich nur ein Teil davon bin. Du wirst es sehen, mein Freund, ich bin mir sicher. Ich bin sehr dankbar für dieses Jahr. Es war ein gutes Jahr, vielleicht unser bestes. Ich hab meine Freunde an der Seite gehabt und nicht alleine sterben müssen auf dem kalten Asphalt. Und ich hatte meine Tochter für ein paar Augenblicke. Sie ist auf meiner Brust gelegen und es war großartig. Sie ist großartig! Erzähl ihr von mir, wenn es so weit ist, denn du kennst mich am besten, Uli. Jetzt kann ich gehen, und du solltest es zulassen. Denn ich werde bei dir sein, wo immer du bist, mein Freund.«

Später ist die Walrika auf meiner Bettkante gesessen, hat mir ein kaltes Tuch auf die Stirn gelegt und gefragt, warum sie sich denn verpissen soll. Ich hätte immer geschrien: »Dann verpiss dich doch, du Arsch!«, hat sie gesagt. Sie hat mir die Tränen aus dem glühenden Gesicht gewischt und mich wieder in den Schlaf begleitet.

Irgendwann sind meine Eltern im Zimmer gestanden, in einiger Entfernung, um sich nicht anzustecken. Sie waren es auch, die mir von deinem Tod erzählten, mein lieber Freund. Sie standen in angemessener Entfernung und haben mir durchs Zimmer zugerufen, dass du es nicht geschafft hast. Es hat mir mein Herz zerrissen, als ich hörte, dass sie dich schon begraben haben. Ich war nicht dabei auf deinem allerletzten Weg. Den bist du ohne mich gegangen, Hannes.

Du hast dich einfach aus dem Staub gemacht. Hast die einzige Chance ergriffen, die ich dir ließ. Ich hab das Jahr verflucht, das wir noch hatten. Hab mir gewünscht, du wärst auf dem verdammten Asphalt gestorben. Dann wäre mein Schmerz schon viel kleiner. Hab mir eingeredet, ich hätte dieses Jahr nicht mehr gebraucht, keine einzige Sekunde davon. Was hat es uns gebracht? Was? Wir haben gekämpft und kläglich verloren. Es ist zum Kotzen. Irgendwann aber war auch die Grippe überstanden und ich hab angefangen, die Briefe zu lesen. Ich hab sie gelesen, jede einzelne Zeile, die ich für dich geschrieben hatte, und langsam hab ich begriffen, dass ich sie auch für mich geschrieben hab. Das Niederschreiben hat mir geholfen, nicht den Verstand zu verlieren. Den Alltag wiederzufinden. Das Auf und Ab, das Hoffen und Bangen, den Schmerz und die Lust. Und die Menschen, die dazugehören. Ich habe begriffen, dass ich ein eigenes Leben habe. Und das war entscheidend. Ich habe ein eigenes Leben und du bist nur ein Teil davon. Zweifellos der wichtigste, aber eben nur ein Teil. Und nun muss ich lernen, ohne dich klarzukommen. Das wird nicht einfach, aber ich werde es schaffen. Ich werde lernen, den Bus zu fahren, Hannes.

Vor ein paar Tagen ist mein Nachfolger hier im Vogelnest erschienen und ich habe ihn eingewiesen. Er hat den gleichen dummen Fehler gemacht wie ich selber damals. Er ist in das Zimmer vom Winfred und hat gesagt: »Servus Winnie!« Ich hab ihn gleich am Kragen gepackt und ihn gewarnt. Ich habe gesagt, er soll die Menschen hier respektieren, weil sie das verdient haben. Ein bisschen Respekt ist das Einzige, was ihnen an Würde übrig geblieben ist. Er hat es schon verstanden, im Grunde ist er schon okay. Ich hab ihn auch gefragt, ob er ein Musikinstrument beherrscht. Er hat wohl in der Schule mal Blockflöte gelernt. Na ja.

Die Walrika war unheimlich wichtig für mich in den letzten Wochen. Sie hat mir zugehört und all meine Trauer begleitet. Sie war einfach für mich da. Aber auch andere Menschen haben sich sehr liebevoll um mich gekümmert in dieser Zeit. Der Flori war hier mit den zwei Mädels und die Nele und der Kalle mit dem Kind. Deine Eltern haben mich besucht und sind nicht in angemessener Entfernung stehen geblieben, sondern sind an mein Bett gekommen und haben mich lange gedrückt. Der Rick war nach seiner unehrenhaften Entlassung aus der Bundeswehr zuallererst hier bei mir, Hannes. Und der Brenninger ist gekommen und hatte fürs ganze Vogelnest Schnittchen dabei. Meine Eltern sind kurz vor ihrem Rückflug noch mal gekommen und haben gesagt, dass die deinen nun für ein paar Wochen mit ihnen nach Spanien gehen werden, um die Geschehnisse zu verarbeiten. Fast täglich hab ich mit dem Michel telefoniert, und wir haben uns gegenseitig die Wunden geleckt. Ich hab sehr viel bekommen von den Menschen in meinem Leben und muss doch sagen, das meiste bekam ich von dir. Du bist mein Herz und meine Seele und wirst es immer bleiben. Ich danke Gott für deine Freundschaft und besonders für das letzte Jahr. Es war ein gutes Jahr, vielleicht unser bestes. Ich bin froh und dankbar, dass du nicht gestorben bist auf dem kalten Asphalt, sondern noch eine Ehrenrunde gedreht hast mit mir.

Ich schreibe nun diese Zeilen zu Ende und übergebe sie danach deiner kleinen Tochter, Hannes. Statt deiner. Sie soll alles lesen, wenn es Zeit dafür ist. Sie soll ein bisschen erfahren von unserer Freundschaft und Liebe, Hannes. Damit sie weiß, wie großartig ihr Vater war und was für ein Kämpfer. Dann hab ich noch einen schweren Schritt vor mir, weil ich mich vom Vogelnest verabschieden muss. Aber auch das werd ich schaffen. Ich werd nicht an dein Grab gehen, das kann ich noch nicht. Vielleicht kann ich es, wenn ich einmal zurück bin. Zuerst aber geh ich nach Neuseeland, Hannes. Für ein paar Wochen oder ein Jahr, wer weiß. Ich habe das Flugticket hier liegen und die Koffer sind gepackt. Ich hab die Taucherflossen eingepackt und den Schnorchel. Den Schal von der Frau Stemmerle und die Posaune. Das Bild mit dem Riss ist in der Hosentasche.

Danke, liebe Bianca,
es ist mir immer wieder eine Freude zu sehen, mit welch unglaublichem Einfühlungsvermögen du dich in meinen Texten bewegst. Du spürst immer haargenau den Sound, den ich zu treffen versuche. Ich danke dir vielmals für deine wundervolle Arbeit!

Danke, lieber Rudolf Frankl,
es ist für mich wie ein Ritterschlag, dass Sie meinen ›Hannes‹ so schätzen. Und es inspiriert mich ganz enorm, mich nochmals auf eine solche Schreibreise zu begeben.

Herzlichen Dank!
Eure
Rita Falk